1.ª edición: marzo 1992

Telémaco, 43. 28027 Madrid

ISBN: 84-207-4479-4
Depósito Legal: M. 4.975/1992
Compuesto en Puntographic, S. A. L.
Sol Naciente, 31. 28027 Madrid
Impreso en C. G. F., S. A.
Artesanos, 6 - Nave C. Polígono Urtinsa
28925 Alcorcón (Madrid)
Impreso en España - Printed in Spain

E S P A C I O

Colección dirigida por
Norma Sturniolo

A B I E R T O

ESPACIO ABIERTO

Diseño y cubierta de
Manuel Estrada

ESPACIO ABIERTO

Francisco J. Satué

La ciudad de las mil noches

ANAYA

Para Pilar y Santiago.
Para Almudena y Melchor.
O viceversa.
Ellos facilitaron la travesía
en vehículos todo-terreno.
Y la magia.

Para Norma, por su fascinante obstinación

1

Agotado, Basil comenzaba a pensar que era víctima de una maldición. Aquella era, como hubiesen dicho los antiguos, la segunda noche. La segunda noche consecutiva en que no podía dormir. Nunca le había ocurrido algo semejante. Y con todo, la verdadera pesadilla consistía en soportar sin descanso el paso de tanto tiempo. Sin descanso y sin sueños.

Tanto espacio en blanco martilleando su cerebro le impuso el recuerdo del lenguaje antiguo, el idioma que empleaban sus antecesores. En el pasado, es decir: antes que se produjera la Gran Explosión, el mundo dividía las jornadas conforme el itinerario de la luz. Había días y noches. Después de la gran explosión reinó una oscuridad absoluta.

No había sido ésta la única consecuencia del desastre. Por fortuna, los efectos de la catástrofe resultaron parciales, puesto que los hombres conservaron la memoria, la lucidez y los reflejos para impedir el exterminio. Los supervivientes podían considerarse seres privilegiados. Basil era uno de ellos.

Aquella desgracia había ocurrido muchos años

atrás. Sin embargo, los jóvenes todavía recordaban el lenguaje de sus antecesores y distinguían la noche del día. La noche se dedicaba al descanso. El día, un día inquietante, contradictorio, sin luz, se utilizaba para trabajar. Basil lo recordaba: los científicos no habían descubierto otro procedimiento para soportar el mundo ruinoso después de las llamas del apocalipsis. El tiempo de la civilización se dividía en turnos de trabajo y en turnos de reposo. Tal vez eso sirviera para que no hubiese otras explosiones mientras los sabios investigaban la forma de recobrar la luz.

Pero en aquel momento no era ese el problema —pensó Basil—. El problema era que llevaba demasiadas horas sin dormir.

Intentaba distraer la horas infinitas contemplando la ciudad, los edificios cúbicos clavados en esa zona del suburbio. En su infancia, era aquel un territorio parecido al desierto. Sólo algunas aceras sugerían la existencia del distrito. Ahora había calles, aunque el barrio seguía ofreciendo a la vista el trazo resuelto de un límite. Tras los rascacielos, empapados de una permanente niebla sucia, parecía abrirse un abismo.

Desde su elevado apartamento, quieto frente a la gran ventana de la alcoba, abrazándose las rodillas sobre el borde de la butaca, su vista se perdía en el horizonte.

En voz baja repetía para sí: «Debes descansar, debes descansar, debes descansar, debes...» Era inútil.

Ni siquiera repitiendo aquella frase hasta el cansancio conseguía adormecerse. Tal vez porque su propia voz, reducida a un murmullo finísimo, le irritaba. Debía descansar, debía descansar... En vano.

Encendió la radio. Los *Clash* cantaban a un Londres llameante. De eso hacía ya mucho tiempo.

Bajó el volumen del receptor tarareando el estribillo.

Los hombros caídos, volvió a sentarse frente a la ventana.

El paisaje no había variado. La noche eterna de la ciudad imponía un extraño orden. Y aunque él conocía aquella sensación subterránea desde niño, una ciudad condenada a permanecer a oscuras en el tiempo, en el espacio y en la historia, no terminaba de acostumbrarse. Sin embargo, aquella noche no quería recordar la Gran Explosión, el suceso que había dejado su mundo en sombras, como si el cielo se hubiera hundido para siempre.

Todo continuaba en su lugar, perfilado a través de brillos cegadores. La tormenta parecía hallarse muy lejos, como siempre; pero lo hipnotizaba un espectacular anuncio de neón. En el fondo del paisaje se erguía como una estatua viviente una figura rotunda, semejante a un brazo en tensión. Era como el brazo de un esclavo negro que hubiera roto sus cadenas dentro de una cúpula ensangrentada.

A Basil le fascinaban aquellos músculos duros y furiosos. La lluvia los volvía purpúreos. Se elevaban desafiantes contra lo alto. Igual que en las películas.

Pensó que empezaba a delirar.

La culpa de su estado, de su insomnio, la tenía Eduardo, su amigo. Su Amigo Invisible, como lo llamaba Basil desde los tiempos del instituto. Eduardo tenía una insólita capacidad para desaparecer. Basil llegó a pensar que jamás volverían a encontrarse. Pero se equivocaba. Hacía cuarenta y ocho horas que Eduardo le daba personal noticia de su regreso.

Había vuelto misteriosa e inesperadamente. Basil pensaba que esto era normal en él.

No podía reprochárselo. Eduardo nunca permanecía mucho tiempo en el mismo sitio. Ahora aseguraba que volvía de Oriente. El viaje había sido muy largo.

—La luz, Basil. Tenías que haber visto esa luz.

Por supuesto, todo era otra muestra del carácter bromista de Eduardo, de sus fiebres míticas, de sus más queridas obsesiones. Oriente representaba una de sus referencias inevitables y absurdas, y se entusiasmaba igual cuando contaba historias, tan detalladas como si en verdad las hubiera vivido, acerca de los Caballeros del rey Arturo, la Mesa Redonda y el Santo Grial; del Arbol de las Manzanas de Oro; de los hechizos de Merlín, las leyendas de los Nibelungos o la Máquina del Tiempo. Sueños, sólo sueños.

Y, en cambio, él no podía dormir.

Desde su reencuentro con Eduardo, cuarenta y ocho horas antes, extraños temores le negaban el reposo.

Se figuraba a Eduardo dormido a esa hora, caído en un planeta poblado por angelitos eléctricos y azules mientras él sufría el tormento del insomnio, paralizado ante una película inmóvil que le permitía concentrarse en la tormenta, las carreteras desiertas, las inmensas torres de cristal y la negrura. No era su película preferida.

Y sin embargo, el azar los había obligado a reunirse otra vez. Se encontraron en la calle; cuando Basil salía de la oficina para tomar un breve refrigerio, Eduardo estaba allí, junto a la entrada del café de la factoría, como a sabiendas de que Basil aparecería de un momento a otro.

Su Amigo Invisible le había tomado del hombro y no dejó de hablar. Enumeró sus viajes, los mil recuerdos de rincones idílicos, los bellos monumentos funerarios egipcios, los desiertos blancos y dorados de Libia, las ciudades persas conquistadas por Alejandro, la conmoción casi religiosa de los hombres y las mujeres al bañarse en el Ganges... Sueños, siempre sueños.

Pero a Basil le embargaba una intuición agridulce. Eduardo liberaba de nuevo su fantasía y, como en los años de instituto, volvía a engañarle.

Para mantener la costumbre, Basil debía manifestar asombro y emoción, como si de veras creyese aquel torrente de palabras.

En un momento del monólogo, Eduardo adoptó un aire misterioso para decir:

—Dentro de tres noches te espero en mi guarida, viejo amigo. Entonces podré contarte todo más despacio. He hecho descubrimientos maravillosos. Tienes que creerme, Basil. Vendrás, ¿verdad? Dentro de tres noches.

—Bueno... Sí, iré.

No supo negarse. Ante la vehemencia de Eduardo resultaba imposible ofrecer disculpas o excusas.

Su Amigo Invisible comenzó a brincar. La respuesta de Basil le había alegrado iluminando súbitamente su rostro. Basil lo vio marchar dando saltos por el patio de la factoría, festivo, como si acabara de recibir la carta inesperada de una novia.

El no podía sospechar que tanta desmesura le intrigaría hasta el punto de convertirlo, durante las horas de sueño, en un hombre ensimismado y mudo. Tenía los ojos muy abiertos al recordar el grupo que habían formado Eduardo, Samantha y él mismo en el instituto. Eduardo no se había referido a Samantha en ningún momento. El, temiendo las burlas de su amigo, no reunió el valor necesario para preguntar por ella.

2

Tienes mala cara.

—Sí.

Respondía de mala gana, aburrido. Mariana, su jefe inmediato en el departamento administrativo de la factoría, no tenía mala intención al realizar estas observaciones. Resultaban inoportunas, simplemente.

—¿Llevas doble vida, Basil? Eso sería una sorpresa en una persona como tú —insistió ella.

—Cuando termine de examinar este informe, te lo cuento.

—Me preocupa tu salud. Tienes muchas ojeras y estás muy pálido. Desde hace cuatro turnos, pareces otro.

—Eso es parte de mi doble vida.

—¡Idiota! —repitió Mariana al dirigirse hacia su despacho.

Los compañeros de sección se reían.

El enfado de Mariana no era motivo de alegría para él. Había vuelto a conseguirlo, pensó. Desconocía la forma en que debía comportarse con ella. Estaba agotado. No resultaba de gran ayuda que la muchacha se lo repitiera constantemente. Se le ocurrió que al salir de la oficina, a la hora del refrigerio, compraría un ramo de flores para obsequiar a su compañera y establecer una tregua pacífica y perfumada. No le gustaba hablar de sus problemas. Supuso que las flores lo ayudarían a conseguir un pacto de silencio.

«¡Una doble vida!», murmuró. Era como para caer del asiento a causa de la risa. Lo que le faltaba.

Pero no podía reír. Era cierto: las horas de agitado insomnio lo habían debilitado en extremo. La notaba al leer los informes, al responder las consultas de los compañeros novatos, al tomar el café soluble. Podía experimentar la hiriente pesadez de los párpados, los ojos inflamados y llorosos, el aburrimiento que brotaba de las páginas y adquiría formas concretas ante su vista.

Sí. De los folios mecanografiados del informe que debía estudiar había surgido una torreta de piedra coronada por un faro. Una gran lámpara protegida por un casquete de acero. La luz lo atraía y a la vez lo cegaba. Pero no se trataba tan sólo de eso. El mismo podía apreciarlo: se había convertido en el único superviviente de un naufragio. Miró aterrado a su alrededor. No lo podía creer. La oficina había desaparecido. Su única posibilidad de salvarse consistía en concentrar sus escasas fuerzas en un último sacrificio que le llevara a tierra firme.

Nadaba sobre olas crujientes como papel. Gemía, envuelto por el batir de las aguas. Alguna vez, sobre las crestas de espuma, avistó la playa.

El sueño se había transformado en algo real y, por ello, terrible. Era un náufrago. Las mareas de un océano embravecido tiraban de él hacia el fondo.

Iba a perecer ahogado, sin duda. Y de un momento a otro la torreta del faro y la luz desaparecerían.

Entonces, por qué pensaba en el tiempo.

Tres noches.

«Pero por qué tres noches», se repetía mientras braceaba.

Nadaba bajo la oscuridad del cielo estrellado y sentía denso el abrazo de la mar, como en un estanque de petróleo.

—¡Basil!

La voz sonaba remota, difusa. Se preguntó si el legendario canto de las sirenas se reducía a eso, a un grito histérico. Basil no prestó atención. Continuó braceando para vencer el miedo.

La alterada voz de la mujer continuaba acosándole.

—Pero ¿qué te ocurre, Basil? ¿Te has vuelto loco?

Esta vez los gritos rebotaban claramente dentro de sus tímpanos.

La lámpara, el faro y la isla se habían diluido en una breve nube de vapor blanco. El informe seguía sobre la mesa, en un ángulo, junto a la máquina de escribir y la pantalla de memoria. Objetos y personas continuaban ordenados en la sección, si se exceptuaba a Basil. Inexplicablemente, se había echado sobre su escritorio en la actitud de un nadador experto que desafía las muecas burlonas de sus compañeros.

Oyó risas reprimidas sobre su cabeza. Atónita, Mariana se adelantó al grupo de oficinistas que se había acercado para ver las extrañas piruetas de Basil. Estaba desconcertada. No entendía lo que pasaba.

Tampoco Basil, boca abajo sobre la superficie de su escritorio, comprendía lo ocurrido.

Enmudeció avergonzado mientras se deslizaba lentamente hacia su asiento. Su labio inferior temblaba.

Nunca se había comportado así, de un modo tan estrafalario. Ni siquiera fuera de la oficina.

El semblante de Mariana manifestaba preocupación y perplejidad. Tenía la boca abierta y las cejas alzadas.

—¿Te encuentras bien? —preguntó ella tendiendo una mano temblorosa hacia Basil—. Nunca te había visto así, tan alterado.

El quiso restar importancia a lo sucedido.

—Ya pasó, no es nada.

—¿Quieres irte a casa? Si quieres, se lo explico al director.

—No es nada.

—Vete y descansa, Basil. Trabajas demasiado.

El se encogió de hombros. No quería hablar de ello. El agotamiento psicológico explicaba que hubiera sufrido una alucinación.

—Hazme caso, Basil. Vuelve a casa y duerme. Mañana estarás repuesto —aconsejó Mariana.

—Gracias. Te haré caso.

Tomó el impermeable y el sombrero y masticando contrariedad abandonó la oficina, dolido por las miradas de reojo de los compañeros. Le dolía el cuerpo como si de hecho hubiera luchado contra las olas durante varios días.

3

La cinta transportadora lo llevó al exterior, después de cruzar a pie varios departamentos burocráticos de la factoría. Actuó de un modo maquinal, sin percibir el intenso runruneo del tapiz mecánico. Necesitaba una reparación a fondo.

En la calle, la desorientación persistía latiendo en sus sienes.

Tres noches. *Pero por qué tres noches.*

La pregunta seguía enfocando la única referencia de su trastorno.

El plazo se había cumplido, pero aún era temprano para acudir a la cita. La casa de Eduardo no se hallaba lejos de la factoría. Basil suspiró confiando en que al cabo de unas horas la insoportable excitación acabaría. A partir de ese momento volvería a dormir como antes. En cuanto confirmase que los maravillosos hallazgos de su Amigo Invisible sólo encubrían viejas mentiras de cínico, aspiraciones ilusorias, torpes fábulas para adecentar una existencia anodina, todo volvería a su cauce y él recobraría la tranquilidad.

Entró en el café de la factoría ansiando la paz armónica de su entorno. El patio se hallaba vacío. Tenía tiempo de sobra para pensar. Nadie le molestaría.

—Una infusión —pidió al camarero.

Bebió despacio, pegado a la barra más próxima a la entrada del café. En la inmensa nave había otros mostradores que agilizaban, en los diferentes turnos de trabajo, los desayunos y almuerzos multitudinarios de la Central. En esos períodos, centenares de hombres y mujeres abarrotaban los comedores colectivos. Ahora sólo destacaban siluetas aisladas. El liviano rumor de las voces animaba el salón semidesierto que algunas jovencitas escuálidas, vestidas con monos de color naranja, comenzaban a fregar.

—¡Pero si está aquí nuestro príncipe de los siete mares!

Basil reconoció aquella forma de hablar. Carlo era alto, fornido, rubio, de modales ordinarios. En la sección administrativa lo llamaban *Cabeza Cuadrada.* Bastaba fijarse en la forma de su cráneo, rasurado a cepillo, para comprender la precisión con que se le había adjudicado el sobrenombre.

Carlo había bajado para tomar café. Le acompañaba Terenci, su cómplice inseparable. Terenci medía un metro sesenta de altura. Su rostro chupado parecía el de un camaleón. Su mote en el departamento era *Caja de Ritmos,* porque su risa respaldaba todas las ocurrencias hirientes de su compañero *Cabeza Cuadrada.* Formaban una pareja perfecta.

En ese momento Terenci emitía algunos chillidos para acentuar la referencia ofensiva que Carlo había dirigido contra Basil. El príncipe del mar.

A Basil no le agradó aquel saludo.

—¿Nos invitas, príncipe?

—Pedid lo que queráis.

—¡Pero qué veo! —estalló Terenci—. Nuestro voluntarioso nadador bebe un té tranquilizante.

—Estoy nervioso —Basil se mordió el labio inferior tan pronto como acabó la frase. Había cometido una equivocación.

—Pobre amigo, está tan débil... —se burló Carlo—. ¿Vas a desmayarte como una damisela? Avísanos. Nos apartaremos para que puedas caer mejor.

—No te preocupes —dijo Basil.

—Hiiiiiii, hiiiiiii —relinchó Terenci.

Carlo volvió a la carga.

—No te preocupes, Basil. Estás entre amigos.

—Calla, Carlo —dijo Terenci—. No des ideas. Hoy sería la tercera vez que haríamos de camilleros.

—¿Qué quieres decir, Terenci? —dijo Basil extrañado.

La pregunta estimuló a Carlo, que sorbió ruidosa y lentamente el café. Quería hacerse el interesante.

—Pero ¿no te has enterado, Basil? —para resaltar su falsa sorpresa, Terenci empleó un tono ladino, hipócrita.

Carlo secaba los labios con el puño de la camisa. Iba a mostrarse magnánimo comunicando a Basil las últimas novedades sobre lo acaecido en el departamento.

—La sección administrativa está actualmente en jaque, querido príncipe. Desde muy temprano han ocurrido cosas extraordinarias en nuestra sección. Primero fue el contable jefe, que se sintió indispuesto. Comenzó a comportarse de una forma muy rara. Sabes que es un hombre pulcro. Pulquérrimo, diría yo.

—Hiiii, hiiii. Eso, pulquérrimo.

—Era como si lo estuviera estrangulando la corbata. Se congestionó de tal forma que tuvimos que sacarlo fuera de la oficina. Pareció recuperarse.

—¿Y entonces? —preguntó Basil, repentinamente interesado.

—Al cabo de unas horas nadie lo hubiera reconocido. En el descanso del turno llevaba la camisa sucia porque dejó que el café se le cayera encima. Además, para pasmo de sus secretarias, había cortado en pedacitos su costosa corbata. Por si fuera poco, llevaba los tirantes caídos, los cordones de los zapatos sin atar, desabrochada la camisa, y el poco pelo que le queda lo tenía absolutamente revuelto. Repetía una frase como si se estuviera volviendo loco: *Soy un reloj, soy un reloj*. Pellizcó a una de las secretarias y recibió un bofetón. Pero tampoco eso le devolvió la lucidez. Seguía creyéndose un reloj cuando se lo llevaron al hospital.

—¿Es verdad todo eso? —tartamudeó Basil.

—¡Pues no te lo estoy diciendo!

Terenci intervino nuevamente.

—Hiiiiiiiii. Otro caso fue el del director del departamento. Hiiiiiiiii, cuéntaselo, Carlo, tú sí que lo haces bien. Cuéntaselo.

Carlo no se hizo de rogar.

—Encontraron al director detrás de su gigantesca mesa de despacho. Las secretarias llevaban varias horas buscándolo, pero no daban con él. Supieron finalmente que estaba detrás de su escritorio porque escucharon un estruendoso jadeo, como el de alguien que estuviera roncando. Ya sabes que el despacho del director es grande como un museo. Fue ese ruido de respiración forzada el que las alertó. Puedes preguntárselo a Mariana si no me crees.

—Sigue.

—Pues bien, allí estaba el hombre, tirado sobre su magnífica alfombra cuan largo es, mejor dicho, cuan ancho es, y pidiendo ayuda en un idioma incomprensible. Le salía espuma por la boca. Lloraba como un niño de pecho.

—¿Por qué lloraba?

—Eso es lo más divertido, hiiiiiiii.

Basil miró con odio a *Caja de Ritmos.* Logró que se callara. Carlo no prestó atención.

—Decía, casi sin respiración, que no podía evitarlo. Dijo también que no podía levantarse y que llevaba tres o cuatro horas haciendo flexiones sobre su bellísima alfombra. Cuando lo depositamos en la camilla aún se agitaba como un gato panza arriba.

—Os estáis burlando de mí. Es más —se indignó Basil—, creo que me tomáis por un estúpido.

—¿Nos estás llamando mentirosos? —Carlo dio un respingo ante el acaloramiento de su compañero.

—Eso, eso. ¿Nos estás llamando mentirosos? —repitió Terenci dando voces.

—No. El mentiroso soy yo —respondió Basil pausadamente, como si acabara de salir de una pesadilla. Sonreía con malignidad—. Vais a tener que pagar el café.

Ante el estupor de los dos compañeros, Basil recogió su impermeable y salió dando largas zancadas.

4

No le inquietó el contraste entre la luz artificial del café de la factoría y la oscuridad azul de las calles, pese a los confusos pensamientos que le habían obsesionado durante las últimas horas.

Caminó con urgencia hasta llegar al edificio semiderruido donde Eduardo había acondicionado su apartamento. En realidad podía considerarse el estudio de un artista antes que una vivienda convencional. Eduardo había derribado los tabiques interiores de ladrillo sustituyéndolos por mamparas, cortinas y biombos de colores chillones que él mismo repintaba cuando se aburría o se quedaba sin ideas. Había reformado también las ventanas, al objeto de instalar una cristalera que cubría la pared y recordaba mejores tiempos.

A Basil le divertía el aire bohemio de la espaciosa habitación, el deliberado desorden de los objetos y hasta de las personas. Cuando Eduardo celebraba alguna fiesta, los invitados debían sortear cajas de cartón vacías, lienzos, caballetes, maletas rebosantes de tubos de óleo y pastillas de acuarela, carteles amarillentos, libros, mesitas de té, jarrones con esqueléticas flores mustias y anchas cortinas rojo burdeos.

Su Amigo Invisible decía que un cuarto poco iluminado suponía el mejor estímulo para la conversación, pues los invitados experimentaban la necesidad de hablar en voz baja, muy juntos, a la manera de los conspiradores.

Basil subió despacio los gastados peldaños de la escalera. Se daba cuenta de que había estado corriendo. El corazón latía espoleado por la inquietud. Como otras veces en que sufría las consecuencias de un gran esfuerzo, deploró su estricto sentido de la puntualidad. Respetaba tanto el tiempo propio como el de los demás, especialmente si iba de visita.

Al elevar la vista se fijó en que la bombilla del rellano correspondiente al estudio de Eduardo estaba apagada.

A la vez creyó escuchar el murmullo disimulado de una respiración. No era la suya, como había temido.

Antes de superar aquel tramo, esperó que la vista se acostumbrase a la oscuridad. Quería que la mirada le permitiera adentrarse en aquel rectángulo tenebroso donde adivinaba un misterio.

Captó un movimiento irregular. Un ruido impetuoso, como el que produce un cuerpo al caer.

De pronto supo que no era un cuerpo humano.

Basil aguantó la respiración. El ruido descendía hacia él, abrupto, creciente, rebotando contra los peldaños.

Distinguió dos vibrantes puntos rojos de luz y, casi simultáneamente, un brillo curvo y plateado sobre su cabeza.

Se hizo a un lado al producirse otro ruido distinto al primero.

Hasta ese instante sudaba pensando que un ruido perseguía a otro ruido, lo cual le parecía absurdo. Tuvo miedo, pues consideró que aquéllos eran indicios de un derrumbamiento inminente. El edificio era viejo; parecía deshabitado.

La verdad resultaba infinitamente más sencilla.

Un cono de luz le reveló la escena en que, durante un rato, había participado. Un gato corría escaleras abajo tras una rata, de movimientos aparentemente confusos.

—Llegas con retraso, Basil. No esperaba eso de ti —dijo Eduardo. Su voz sonaba grave.

Basil le observó desde el rellano. Su amigo ofrecía una estampa grotesca. Escuchimizado, amante de los golpes de efecto, sostenía en alto un candil.

—Es la vieja historia del mundo, Basil —murmuró Eduardo—. El gato devora al ratón. Eso no ha cambiado. Esos animales vivían en la oscuridad antes que nosotros.

Ante la gravedad de aquellas palabras, Basil hubo de reprimir la risa. Al cubrirse la boca con la mano se apercibió del sudor de angustia que inundaba su rostro.

5

De veras te asustaste?

—Ya te he dicho que sí, Edu. Hace varios días que pienso cosas raras. La imaginación me lleva a considerar como reales sucesos extraordinarios. Llega un momento en que no sé distinguirlos, y eso no puede ser bueno. En los últimos días, incluso en la oficina, me dedico a perder el tiempo fantaseando. Lo peor de todo es que veo situaciones extrañas. Y las vivo. Además, están ocurriendo cosas extrañas a mi alrededor.

Mientras Eduardo preparaba té en un hornillo, Basil le contó lo que había sucedido en la oficina. Describió minuciosamente su conducta y las inexplicables situaciones que el director y el contable del departamento habían protagonizado.

Al concluir su historia vio una sonrisa en el rostro de Eduardo, que hundía las hojas de té en sendos vasos humeantes.

A Basil no le parecía que nada de lo que había contado resultara divertido.

—¿Por qué te ríes? —preguntó.

—Verás, Basil. A mí no me resulta tan extraño lo

que cuentas. Habrás de perdonarme, pero el único responsable de todos esos fenómenos soy yo y solamente yo. Y cuando termines el té y te sientas más tranquilo, te lo demostraré.

—Me siento más tranquilo —contestó Basil, ansioso.

—No, no intentes engañarme. Incluso te aconsejaría que te recostases en esos cojines que traje de Marruecos y durmieras un rato. Tenemos tiempo.

—Quiero que me lo expliques ahora, no luego.

—Primero has de tomarte el té.

Basil cedió: probó la aromática bebida que Eduardo depositó, muy caliente, entre sus manos.

Probó un sorbo, tímido al principio, como avergonzado. Después bebió con ansia.

Oía a su amigo, pero no lograba entender lo que le decía, ninguna palabra. Creyó que Eduardo estaba moviendo los labios, simplemente para gastarle una broma.

Lo cierto es que el té le relajó de un modo profundo y pausado. Con delicadeza.

No se dio cuenta de que llevaba varios minutos dormido.

6

Se fijó en los cambios que su amigo había realizado en el estudio. Los cuadros habían desaparecido de las paredes. No se apreciaban rastros del desorden bohemio y rebelde de antaño.

Se habían esfumado las cajas de cartón, las maletas de pintura, los lienzos inconclusos, los caballetes, los adornos, las mesitas, los vasos repletos de lápices y las jarras atiborradas de pinceles. El suelo brillaba limpio, despejado por sutiles capas de barniz. La cristalera reflejaba los matices azules, rojos y dorados de la noche, la noche eterna de la ciudad.

De las mamparas y biombos habían escapado las figuras culebreantes que distraían a Eduardo cuando perdía la inspiración. Para Basil era éste el detalle más importante.

—He dejado de pintar —dijo Eduardo—. O para decirlo de otra forma, la pintura me abandonó. Definitivamente, creo. Y por el bien de todos.

Basil no contestó. Eduardo hablaba como desde otro mundo mientras preparaba otra tetera.

—En Oriente he aprendido la importancia de la paciencia, la relatividad del tiempo, la necesidad de paz. ¿Recuerdas, Basil, que eran temas que me obsesionaban? En Oriente hay luz, hay luz, es todo muy distinto. No es como en esta ciudad maldita. En Oriente hay días y noches. Aquí todo lo domina esta enloquecedora oscuridad.

—Quieres engañarme, Edu.

—De veras que no. Lo que estoy diciendo es sólo una mínima parte de los tesoros que encontré en esos países de leyenda. Son mundos misteriosos, donde reina el hambre y el exotismo, el color y también las historias dramáticas. Ahora, cuando acabo de volver, sé que he cambiado profundamente, porque encontré lo fantástico.

Basil permaneció pensativo.

—Dame un ejemplo.

—Es muy fácil. Esas piezas son un buen ejemplo de todo lo que te estoy contando.

Y Eduardo alzó una mano solemne para señalar una cabeza de bronce, depositada en el suelo junto a un inmenso espejo, alto como una pared y con la anchura de tres hombres corpulentos.

Basil mantuvo su silencio. Eduardo, distraídamente, se aproximó a una mesa de billar que ocupaba el fondo del estudio.

—Estos son los objetos que hacen posible mis juegos: la cabeza de Buda de bronce y un inmenso espejo de plata donde todos los sueños tienen su lugar. Ahora creo que estos juegos, en los que después trataré de iniciarte, son tan importantes como mi memoria, porque me hacen vivir. ¿Nunca has disfrutado del placer que supone conseguir todo aquello que siempre deseaste?

—Eso no es posible, Edu —respondió Basil—. Simplemente, no es humano. Eso es tanto como matar la ilusión —y quedó sorprendido por los términos que él mismo había utilizado para contestar a Eduardo. Estaba perplejo.

Eduardo empujaba las bolas sobre el tapete verde.

—Estás equivocado —dijo—. Conseguir que los sueños se conviertan en realidad es lo más humano que puedas conocer. ¿Qué es lo que siempre quisiste ser? ¿Lo recuerdas?

—De niño quería ser como Miguel Strogoff, un correo del zar —respondió Basil rápidamente.

A Eduardo se le torció la sonrisa.

—Bueno, no se puede ser perfecto.

Pero Basil no le prestaba atención.

—Recorrer las interminables estepas sobre un caballo blanco, tan veloz como si tuviera alas en los cascos. Luchar contra osos inmensos, salvar a lindas campesinas y elegantes princesas, enfrentarse a los fieros tártaros, llevar mensajes al servicio de mi señor, sufrir el martirio por una buena causa...

—¡No, no y no, Basil! —chilló Eduardo—. ¡Basta de tonterías!

El exagerado tono de Eduardo sustrajo a Basil de su ensoñación.

Despertó entonces de veras y se descubrió recostado entre los cálidos cojines donde le había vencido la fatiga.

Los gritos lo obligaron a abrir los ojos.

Algo ocurría. Algo anormal que no tenía que ver con su sueño. Tardó en asimilar la escena porque apenas había luz y seguía sintiendo cansancio.

En el centro del estudio, tres hombres rodeaban a Edu. El caftán rojo destellaba convulso entre los trajes grises y entallados de los tres desconocidos.

Basil vio abierta la puerta del piso. Hasta allí arrastraban a su amigo, que se resistía. Los puñetazos subrayaron la violencia de las contorsiones del prisionero. Era como el ritmo mecánico de un pistón.

Los tres extraños se reían al cargar con el cuerpo ya inconsciente de Eduardo. Algunas gotas de sangre le habían salpicado la cara. A Basil se le revolvió el estómago.

Se incorporó dando voces, atacando a ciegas a los secuestradores. Empujó a los desconocidos con el peso de su cuerpo. Todos rodaron en la confusión. Uno de los tres hombres de traje gris salió propulsado hacia la escalera. Sus dos compañeros, sin embargo, lograron reaccionar con rapidez al descubrir al adversario. Era un joven y actuaba solo.

Aquellos eran hombres altos y corpulentos, de extremidades largas y macizas. Los sombreros habían caído al suelo revelando mandíbulas de boxeador, ojos separados y feroces, narices rotas, labios hinchados de rabia.

Basil los vio adelantarse. Uno de ellos le golpeó el brazo a la altura del codo. Basil creyó que había recibido un martillazo. Estuvo a punto de perder el equilibrio.

Por el lado izquierdo fue a sostenerle el segundo de sus contrarios. Le pareció que aquellos dos hombres llevaban nudillos de metal entre los dedos por la rabiosa contundencia de sus golpes.

Un zarpazo en el cuello le arrebató la consciencia. Por un instante Basil creyó que se había convertido en una máquina eléctrica desconectada.

7

Primero hubo de soportar las curas de los médicos, que parecían estudiar a un insecto en lugar de cuidar a un paciente humano. Después hubo de soportar la visita de un policía que le contemplaba con la misma indiferencia de los doctores.

Basil se deprimió. De algún modo la pesadumbre invadía su organismo. Descorazonado, interpretaba lo sucedido en el apartamento de Eduardo como consecuencia de sus viejos deseos: convertirse en correo del zar, actuar como un personaje de novela, distanciarse de la existencia monótona y falsamente segura de los oficinistas, alcanzar la personalidad de un héroe.

«No has luchado bastante», se decía.

Sin embargo, Basil no sentía remordimientos, sino una honda nostalgia. No había sabido ayudar a su amigo Eduardo, que, de nuevo y contra su voluntad en este caso, recuperaba su condición de hombre invisible.

El policía que lo visitaba era un hombre joven, alto. Su rostro expresaba una preocupación que se contradecía con sus rasgos aniñados y suaves.

Hablaba muy despacio, como desde una gran distancia. Pronunciaba cuidadosamente las sílabas. No mostraba especial interés por Basil. El sentimentalismo no formaba parte de su deber. A Basil no le agradaban sus visitas, pero no le costó admitir sus exigencias. Era el representante de la autoridad. Quería que encontraran cuanto antes a Eduardo.

Así lo reconoció el inspector. El policía dijo que se llamaba Funes.

El policía tomó su cuaderno de notas.

—¿Tiene usted alguna explicación sobre lo ocurrido?

—Una explicación coherente, no.

—Entonces explíqueme eso —respondió Funes frunciendo los labios.

—No le entiendo.

El inspector tomaba sus notas sin mirar a Basil. Actuaba con frialdad.

—¿Alguna vez su amigo le habló de sus negocios?

—¿Negocios? ¿Eduardo tenía negocios?

—Recuerde, Basil: soy yo el que hace las preguntas. ¿Le habló su amigo de sus negocios?

—No.

—¿Ignora entonces que su amigo Eduardo era un traficante muy bien relacionado?

—Hacía mucho tiempo que no lo veía.

—Conteste de forma precisa a mis preguntas, por favor —puntualizó Funes—. ¿Lo sabía o no?

—No sabía nada de sus negocios. Eduardo es la persona menos calculadora que he conocido en mi vida.

—Es usted joven, Basil. No debe conocer demasiado de la gente. Y por lo que veo, tampoco sabe mucho de sus amigos.

A Basil le desagradaron aquellas opiniones.

—Yo no soy policía, Funes. El policía es usted.

El inspector miró con énfasis a Basil, recostado en la cama.

—¿No sabe usted qué era lo que su amigo quería enseñarle cuando le invitó a su casa?

—Ya se lo dije la primera vez que usted vino aquí.

—Pues repítamelo.

—Recuerdos de sus viajes por Oriente. Pero me quedé dormido escuchando una de sus historias y cuando desperté estaban allí los tres hombres de traje gris, los matones.

—¿Y nada más? —preguntó Funes—. ¿No se olvida de nada?

—Nada más, inspector —Basil estaba irritado—. ¿Cuánto tiempo estuve inconsciente?

—Veinte turnos. Los antiguos dirían que dos días —dijo secamente el policía—. Pero le recuerdo que las preguntas las hago yo, ¿vale?

Hizo una pausa, chasqueó la lengua y volvió a tomar su cuaderno de anotaciones.

—Por favor, quiero que me preste mucha atención. Pretendo que me diga cómo es su amigo. *Cómo es o có-mo era,* pues llevaban tiempo sin hablarse, ¿no es así? Me interesa este retrato.

Basil permaneció silencioso bajo la mirada inquisitiva del inspector.

—¿No va a contestar?

—Por ahora no.

—¿Puedo saber el motivo, Basil?

—No.

El policía se levantó del taburete, desarrugó el traje, guardó la libreta en el bolsillo interior de la chaqueta de solapas cruzadas y se caló el sombrero.

Acto seguido hundió las manos en los bolsillos del pantalón, ostentosamente molesto. Se apoyó sobre las puntas de los pies dando a entender que reflexionaba sobre la medida conveniente para castigar la rebeldía de aquel chico malo.

Suspiró.

—Eso retrasará mi trabajo, Basil —dijo muy despacio—. Y me obliga a volver. Piénselo.

—Llevo días sin dejar de pensar, inspector Funes.

8

Tenía sus motivos para rechazar la propuesta del inspector y guardar silencio. Y eso dejando aparte las risitas de burla que se le escapaban al policía mientras hacía anotaciones en el cuaderno.

Ofrecer un retrato de su amigo habría significado airear el pasado, descubrir las causas auténticas de su visita a Eduardo.

Habría tenido que referirse a los años del instituto, donde Basil había conocido a Edu y a Samantha, a las aficiones compartidas, los juegos, los primeros viajes hasta los límites de la ciudad, cuando en los suburbios aún no se habían construido tantos rascacielos y fábricas. Y lo único que quería en ese momento era salir de la clínica, regresar a su casa, recobrar sus hábitos cotidianos, las ocho horas de sueño, sus turnos de oficina, sus discos *láser* sonando en su apartamento, sus diseños.

Nunca hablaría con el inspector Funes de sus diseños.

En los años de instituto la esperanza de huir de la ciudad le animaba en sus estudios. Era un alumno aplicado. Junto a Eduardo y a Samantha concebía planes de fuga. Se repartieron las responsabilidades entre los tres. Eduardo prepararía el itinerario a seguir. Samantha se encargaría de los víveres y de todos los asuntos relacionados con la intendencia. Basil habría de ocuparse de construir los vehículos donde viajarían.

Mientras él se concentró en su tarea, dibujando prototipos y completando diseños de vehículos aptos para el viaje, Edu y Samantha se hicieron novios. Y comenzaron a distanciarse de él.

Mirando hacia atrás, resultaba lógico que así ocurriera. El también estaba enamorado de Samantha, a la que llamaba cariñosamente Samy. Pero Eduardo no le concedió ninguna ventaja. Y sus amigos abandonaron aquella empresa quimérica.

Edu se justificó recurriendo a su grandilocuencia característica.

—Tienes que comprenderlo. Samy y yo necesitamos vivir otros sueños. Nos queremos. No vamos a marcharnos ahora. El viaje puede esperar. Necesitamos estar seguros de nosotros mismos, eso es todo, tú lo entiendes.

El proyecto quedó aplazado con carácter indefinido. El grupo se disolvió.

Pero Basil continuó su trabajo. Aprovechaba sus horas libres y también los fines de semana para construir sus modelos y perfeccionarlos, luego de largas sesiones de pruebas. No había contado a nadie su secreto, aunque a menudo necesitó de la ayuda de mecánicos especialistas para conseguir sus propósitos.

Abandonó el instituto y obtuvo un empleo administrativo en una fábrica, gracias a sus conocimientos matemáticos.

En dos años pudo conseguir su propio taller. Era

ese su mundo: allí, su obstinación le proporcionaba algunas claves que le permitían sentirse feliz, tranquilo.

Podía olvidar.

Si hubiera respondido al inspector Funes habría malogrado varios años de tentativas y logros secretos que sólo le pertenecían a él. Tampoco quería confesar que había acudido al estudio de Eduardo para tener noticias de su amiga.

Necesitaba comprobar si Samantha había renunciado a sus sueños. Quería que ella le acompañara en aquel viaje. El no se había rendido. Resultaba vital descubrir si ella poseía aún la ilusión.

9

Para dormir se entretuvo tarareando una enternecedora melodía de Billie Holliday, trágica princesa del *jazz*. Así presentaba a la genial cantante el diccionario del instituto. En la ciudad era muy difícil encontrar sus discos. Pero eso no desanimó a Basil, que logró comprar antiguas grabaciones, supervivientes de la explosión.

Durmió tranquilo, con una envolvente sensación de bienestar. Soñó con Samantha, que cantaba aquel tema.

Al despertar se sintió mejor.

La sonrisa de Nadia, la enfermera, lo ayudaba a olvidar sus temores. Nadia fue muy amable al quitarle las vendas de la cabeza. A Basil se le ocurrió que a partir de ese momento podría pensar con mayor claridad.

Descansado, se atrevía a examinar uno por uno todos los elementos enigmáticos de la historia que había vivido como en una pesadilla, entre el insomnio y el sopor del agotamiento.

Pese a sus esfuerzos, no resolvió el acertijo oculto en las herméticas frases de Eduardo. Recordó la estampa del gigantesco espejo de plata y aquella especie de busto de Buda que su amigo le había enseñado. Edu hablaba de sus adquisiciones, como si a través de ellas hubiera adquirido poderes especiales, mágicos. Pero ¿cuál era la clave?, se preguntó Basil, punzado por la impresión de rozar una respuesta veverosímil.

Nadia le interrumpió.

—¿Soñando despierto otra vez?

A él le sorprendió el rostro risueño de la enfermera.

—Trato de resolver un misterio. Tal vez usted pueda ayudarme.

—Quizá pueda hacerlo más tarde. He venido para anunciarle una visita. Es una compañera de trabajo que se llama Mariana. ¿La hago pasar?

—Sí, sí, por favor.

También esto era nuevo para él, sentir alegría por la visita de Mariana.

La enfermera salió. Mariana entró en el cuarto al cabo de unos minutos.

Vestía un traje austero compuesto por una chaqueta y una falda que le llegaba más abajo de las rodillas. Entre las manos sujetaba un pequeño bolso de color marrón. El cabello rubio, más suelto que de costumbre, cambiaba la expresión de su semblante, habitualmente serio.

Basil veía ahora a una muchacha distinta de la que compartía turno en el departamento. Su femineidad le inquietó.

—Hola, Basil —saludó la muchacha—. ¿Cómo te encuentras?

—Mejor.

—No pude venir antes. La enfermera me ha dicho que saldrás muy pronto.

—Eso parece. Te agradezco la visita.

—¿Te encuentras bien? ¿Necesitas algo?

Mariana parecía preocupada.

—¿Has venido sólo para preguntarme si me encuentro bien o hay algo más?

Ella tardó un rato en responder.

—Ayer, durante el último turno, aparecieron por la oficina dos desconocidos. Preguntaban por ti. Fui yo quien los atendió. Los dejaron entrar en el departamento porque aseguraron que te conocían de los años del instituto, y esto fue lo que me hizo sospechar.

—¿Por qué?

—Porque de ningún modo podían ser compañeros tuyos. Ni en el instituto ni en el jardín de infancia. Eran mayores que tú y su aspecto no corresponde al de personas educadas. No parecían maestros de escuela precisamente, sino matones, gánsteres, y preguntaban por ti con mucha insistencia. Querían saber si te habías incorporado a tu puesto y trataron de sonsacarme tu dirección.

—¿Les diste mis señas?

—No dije nada, puedes estar tranquilo.

—Uf. Hiciste bien —resopló Basil—. Gracias, Mariana. ¿Cómo eran?

—Altos, muy fuertes. Vestían trajes caros y llevaban sombreros oscuros. Parecían duros de película. Uno de ellos tenía una marca horrorosa que le recorría toda la nariz y llegaba al labio superior. El otro tenía la cara picada de viruela y era un poco más delgado que su compañero. A pesar del sombrero y del pelo canoso en las sienes, parecía calvo —Mariana se sobresaltó—. ¿Los conoces, Basil?

La descripción de la muchacha resultaba muy valiosa. Permitió a Basil identificar mentalmente a dos de sus agresores. Sin duda formaban parte del trío que había secuestrado a Eduardo en su propia casa.

La noticia consumió de golpe su alegría. Comprendió que hasta ese instante no se había preocupado por la suerte de su amigo. ¿Seguiría con vida? ¿Estaría prisionero? ¿Por qué lo habían secuestrado? ¿Quiénes eran aquellos hombres de aspecto siniestro y qué pretendían?

Lo único que sabía era que lo buscaban, estaban tras su pista.

—¿Qué vas a hacer? —preguntó Mariana.

—No lo sé. Estoy pensando.

—Pero ¿los conoces?

—Sí, Mariana. No los conozco por gusto, pero sí, sé quiénes son.

Tuvo una idea.

—Mariana, ¿sigues a cargo del departamento?

—Sí. Los jefes no se han repuesto aún de su extraño mal.

—Estupendo.

—¿Por qué dices *estupendo?* —se alarmó Mariana—. ¿Y por qué te sonríes?

—Porque si me aprecias un poco, vas a concederme ahora mismo un mes de vacaciones.

10

Cuando Mariana salió del cuarto, él había completado su plan, al menos provisionalmente. Sólo dos elementos podían representar un obstáculo para cumplir su propósito, escapar: el llamativo pijama celeste de los internos, que llevaba puesto, y su torpeza para moverse.

Debía comprobar cuanto antes, sin llamar la atención de las enfermeras, si era capaz de valerse por sus propios medios. También resultaba urgente que hallase ropa para abandonar el hospital como un visitante cualquiera, sin despertar recelos entre los componentes del personal sanitario y los visitantes y, una vez que llegara al exterior, sin escandalizar a nadie.

Decidió averiguar en seguida si lograba incorporarse y caminar por sí mismo. Se sentía muy débil. Un descuido podía acarrearle una torcedura o una lesión que agravara su estado.

Se puso en pie, tambaleándose. Notó sus extremidades inseguras, flojas. Fue la primera impresión. La pierna derecha, sensibilizada por los golpes recibidos, lastraba sus movimientos. Cada vez que apoyaba el pie en el suelo, un calambre doloroso sacudía la parte posterior del muslo derecho.

Avanzó hacia el pasillo. Llegó al final del corredor creyendo que había realizado una marcha infinita. Estaba exhausto y el dolor no remitía.

Probó a caminar más despacio, luego de frotarse con las dos manos el muslo resentido. Supuso que el calor ayudaría a suavizar las molestias.

Los pinchazos se tornaron un poco más llevaderos cuando se mezcló con otros pacientes y familiares que apuraban el turno de visita. Todos ellos se concentraban en el vestíbulo de la planta y recordaban el tráfico de automóviles de una ciudad interminable.

Cojeando, una sonrisa forzada y ridícula en el rostro, Basil logró eludir los corros de enfermos y familiares que abarrotaban el vestíbulo.

Aparentando desorientación y sin desprenderse de la sonrisa, comprobó los cierres de las taquillas del personal de enfermería. Fue en vano, porque todos los armaritos tenían el seguro puesto.

Basil empezaba a desanimarse, cuando un enfermero avisó que concluía el horario de visitas. Como respuesta, se produjo un murmullo general de desaprobación. Basil se adelantó a los demás para recorrer tranquilo, sin soportar empujones, el corredor que llevaba a su cuarto.

Seguía arrastrando la pierna, pero no le dolía con la intensidad del primer intento al salir de la cama.

Bajó las escaleras, un temblor nervioso sacudió su cuerpo. Intentó relajarse mientras oía el rumor de los demás internos que regresaban a sus habitaciones arrastrando los pies.

Basil estaba desanimado. El tiempo apremiaba.

Igual que los matones habían localizado su oficina —pensó—, no tardarían en descubrir la clínica donde se reponía de la paliza. Eso lo obligaba a actuar con rapidez.

La falta de ropa suponía un terrible contratiempo que sólo podría superar cuando las enfermeras hubieran distribuido la cena entre los internos. Entonces los corredores del hospital estarían vacíos.

«Debo ser más rápido que ellos», se dijo Basil con el fin de animarse.

Empezó a cantar una melodía de Lou Reed para librarse del agarrotamiento del miedo.

Parecía hipnotizado. Tenía los ojos fijos en el techo amarillo de la habitación. Había reparado en algo importante, un detalle con el que no contaba. Lo había visto, podía recordarlo ahora.

La memoria le obligó a concentrarse. En el vestíbulo de la planta se hallaba la habitación de los enfermeros, detrás de un mostrador. Tras el mostrador que distanciaba aquella salita de la curiosidad de enfermos y visitantes había un perchero. En ese perchero el personal colgaba sus prendas de abrigo. Y entre aquellas prendas destacaba un largo impermeable.

Como no había encontrado nada mejor, se contentaría. No había otro remedio. Era un impermeable largo, de tono gris perla.

Para marcharse, esperó hasta que apagaron las luces del corredor.

11

En la sala del vestíbulo dormitaba una de las enfermeras de guardia. Cabeceaba después de luchar contra el sopor leyendo una novela de espionaje, pero al parecer no había surtido efecto. Basil no tuvo dificultad para descolgar el impermeable del perchero. También encontró una gorra con visera que empleó para cubrir la cara.

Al llegar al corredor de salida de la planta, se detuvo durante unos minutos en los ascensores. Quería examinar la frecuencia con que eran utilizados, según los guiños rojizos que parpadeaban en el tablero.

Descubrió que las bombillas de los pisos más altos del hospital no dejaban de encenderse y apagarse. Basil dedujo que para el personal de la clínica había llegado la hora de la cena y decidió bajar por el montacargas. Las piernas no le obedecían de forma satisfactoria como para arriesgarse a bajar por la escalera.

Con lentitud, sudando, pulsó el botón que —supuso— conducía hasta el aparcamiento subterráneo del hospital. Era un piso más bajo que el sótano. Desde allí confiaba en hallar alguna salida que le condujese hasta la calle.

Temblaba cada vez que el marcador interno de la cabina indicaba las fases del descenso. Tres. Dos. Uno. Si alguien había llamado al montacargas, él sería descubierto. El impermeable era largo, le cubría los tobillos; pero bajo el faldón asomaban los bordes inconfundibles del pijama del hospital y los pies enfundados en las pantuflas.

Uno. Cero. El descenso concluiría a Menos Uno. Quedaba poco.

Las puertas del montecargas se abrieron inesperadamente. Basil giró sobre sus talones dando la espalda hacia el tránsito de la gente que discurría por el vestíbulo principal de la clínica.

Las puertas volvieron a cerrarse, pero él continuó encogido e inmóvil, como tiritando. No se atrevía a mirar si alguien había entrado en el montacargas.

Sintió que la cabina seguía descendiendo. Miró entre la visera de la gorra y las solapas alzadas del impermeable y estuvo a punto de sufrir un desmayo.

Allí, a pocos centímetros, aparecían dos hombres vestidos con trajes gris oscuro que se cubrían la cabeza con sendos sombreros del mismo color.

—¿Otra vez hacia abajo? —se indignó uno de ellos mirando el tablero.

Basil se dio por vencido. Le habían acorralado. No tenía escapatoria. Las anchas espaldas de los dos hombres, pues los veía por detrás, formaban un muro compacto contra las puertas del montacargas.

—Ya te dije yo que debíamos haber tomado el ascensor, como todo el mundo.

—Cállate, idiota —contestó nervioso el hombre del cabello blanco—. No entiendes nada. Podías haber pensado en agenciarte unas batas de médico en lugar de quejarte. Tenemos tiempo.

—Quiero acabar cuanto antes con esto y que Marty

se tranquilice de una vez. Además, hoy tengo partida y no me gusta llegar tarde.

—¿Una partida? No sabía que jugaras a las cartas.

—No son sólo cartas. Se trata de una partida de mazo.

—¿De mazo? —se sorprendió el hombre del cabello blanco.

—De mazo, eso es. Como los buenos. Eso me mantiene en forma.

—Yo prefiero el mus.

Para Basil el descenso se hacía interminable, agotador. Se dio cuenta de que los hombres no le habían reconocido cuando el jugador de mazo se volvió de improviso hacia él. Le miró directamente a los ojos, como si pudiera traspasar la visera de la gorra.

—Una escapadita, ¿eh?

—Sí, eso —acertó a decir, como mareado—, una escapadita.

Las puertas se abrieron en ese instante. Sonriendo, los dos hombres de trajes grises despejaron la salida para que pudiera pasar. Basil caminó lentamente. Tenía más frío que antes, pero el sudor inundaba su cuerpo.

Se tranquilizó al advertir que la oscuridad del aparcamiento subterráneo le protegía. Escuchó como un disparo el estampido de las puertas del montacargas al cerrarse de nuevo.

Estuvo a punto de chillar.

Casi lo había conseguido. Lanzó la gorra al aire, pero rebotó en el techo metalizado del *parking* y le abofeteó la mejilla izquierda.

Estoy fuera, se dijo al ganar la calle.

La oscuridad mojaba las aceras con una tiniebla escarlata.

12

Hacía calor en la calle, pero mantuvo alzado el cuello del impermeable por temor a que lo reconocieran. Aflojó en cambio la presión de la gorra sobre su nariz.

Pensó que si los hombres de traje gris lo estaban buscando en el hospital disponía aún de una relativa ventaja para llegar a su apartamento, recoger lo indispensable y seguir el plan que a grandes rasgos había descrito horas antes a Mariana.

Llevaba las manos en los bolsillos. El contacto de los dedos con el papel le llevó a ocultarse en el hueco de un portal cerrado. Eran varios billetes.

De pronto sintió profundas reservas respecto al dinero. Se había apropiado del impermeable de una enfermera. Era obvio, a causa del fresco perfume femenino que emanaba del forro interior.

—¡Dinero! —dijo en voz alta.

Y a continuación volvió a ocuparse de completar un retrato de la dueña del impermeable, reanudando la marcha.

—Coquetería femenina. Ganas de agradar. Buen gusto.

Tuvo una sensación de pesadumbre. Se consideraba un ladrón. Había tomado un impermeable que no era suyo. Disponía de un dinero que no le pertenecía. Y además iba a utilizarlo. Para mantener su ventaja debía detener un taxi. Sólo recurriendo al inesperado donativo podría conseguir lo que se proponía.

Resopló al distinguir cercana la bombilla roja del taxi.

Lo conducía una joven de cabellera rubia.

La compuerta lateral se alzó verticalmente en la zona posterior del vehículo. Basil se derrumbó agotado en el asiento, aguardando la pregunta habitual.

—¿Tiempo de Tierra o Tiempo de Vuelo?

Si optaba por el Tiempo de Tierra, el automóvil continuaría rodando sobre los cuatro anchos neumáticos ajedrezados. La velocidad sería soportable, el viaje cómodo.

Si elegía, en cambio, el Tiempo de Vuelo, el taxi se transformaría en cuestión de segundos en una nave que podría elevarse sobre las azoteas de los rascacielos de la ciudad. En este supuesto, Basil llegaría a su destino en pocos minutos.

Basil recordó también que el Tiempo de Vuelo le exigía soportar la mordedura del proceso de conversión y despegue, que era exageradamente rápido. Tenía el estómago vacío y notaba el cosquilleo del miedo que le había asaltado en el montacargas al reconocer a sus agresores.

—Tiempo de Vuelo, por favor —dijo Basil, apretando los dientes y agarrándose con fuerza a los brazos del asiento.

—Así me gusta —se entusiasmó la conductora—. Ha tardado un poco en decidirse, pero es una experiencia. Además, en este turno hay poco tráfico en las alturas.

A Basil no le extrañó la alegría de la joven. El Tiempo de Vuelo permitía cobrar el triple de la tarifa corriente.

Se sonrojó al pensar esto. ¿Acaso él, después de adueñarse de la ropa y el dinero de una desconocida, era la persona indicada para reprochar a la conductora del taxi que cobrase lo convenido por su trabajo? Era evidente que no.

El batir de los motores al mezclarse con el rumor del sistema de ventilación y el súbito ascenso del vehículo le hicieron cambiar de actitud. El despegue no fue violento en absoluto. Con todo, el sobresalto del taxi al esquivar el tejado saledizo de una construcción de poca altura le concentró en la aventura del viaje, devolviéndole al presente.

13

Con dulzura y una inesperada estabilidad, Basil se recostó en el asiento disfrutando de la compensación de quien nada y abraza aguas tranquilas y tibias. Era un placer viajar de esa forma. La conductora, al contrario que sus compañeros masculinos, no hablaba. Discreta, guiaba la nave por encima de los negruzcos rascacielos, surcando de reflejos sus fachadas de vidrio y metal.

Basil podía evocar una canción cuya melodía pegadiza solía martillearle a diario el cerebro, en especial si decidía acudir caminando desde su apartamento hasta la oficina. *In The Army Now,* de Status Quo. Era otro de los discos más viejos y picados de su colección. Pertenecía a una época distinta. Y el camino hasta la fábrica se hacía corto gracias al estribillo.

La conversión del taxi le recordó las filmaciones sobre el Mundo Anterior, cuando el desastre no había oscurecido el cielo. Basil era un adicto de la filmoteca. Si no estaba trabajando en sus audaces prototipos, era seguro que había resuelto pasar horas y horas viendo películas para completar su idea del mundo desconocido.

Pensaba que si lograba abandonar la ciudad era muy probable tropezarse con civilizaciones y seres como los de sus filmes predilectos.

—¡Estúpidas fantasías!

—¿Decía algo, señor? —preguntó la muchacha.

—No, no —se excusó Basil—. Hablaba conmigo mismo.

Sobrevolaban las zonas más bellas de la ciudad. Pero los rascacielos eran demasiado iguales a los que se habían construido en el suburbio. Basil percibió la risita de la conductora mientras él asomaba temeroso la cabeza por la ventanilla.

Sentía la embriaguez del que puede ignorarlo todo gracias a la altura. En realidad nunca había subido a bordo de un aparato semejante, tan complejo. Su gran pasión eran las motos, de cualquier tamaño, modelo, velocidad, y mantenía hacia los aparatos de cuatro ruedas la desconfianza de un competidor fanático o, incluso, de un enemigo.

Se quitó la gorra. El aire le refrescó las sienes y le alborotó el cabello.

Creyó que sus dolores desaparecían de golpe. Allí en lo alto nadie podía alcanzarle.

14

Temió pensar en voz alta de nuevo, lo que le hizo fijarse en la conductora del taxi convertible. Basil tenía una sensibilidad especial para las voces, y la de la muchacha no le había producido indiferencia.

Sonaba con un punto de burla, aunque firme y melódica a la vez. Era una bonita voz. Basil pensó que no era la primera vez que escuchaba un timbre tan personal como el de aquella conductora.

Desde atrás poco podía apreciar del rostro. Además, le cegaban las contundentes iluminaciones de las zonas altas de los rascacielos. Ella tenía el cabello rubio y lacio y le resbalaba hasta los hombros. Basil veía también una porción mínima de la espalda, realzada por la hechura enérgica de una cazadora de cuero negro deslucida por el uso, como el de los pilotos veteranos de aviación. Adivinaba muy fino el cuello de la joven, adornado por los jirones de un gracioso y gastado pañuelo rojo.

Entonces reconoció a la muchacha. Una oleada de gratitud le hundió blandamente en el asiento del taxi. No podía ser verdad.

—Samantha —susurró.

Ella pareció no oírle.

—¿Se encuentra bien? ¿Hay algo que no marcha? Llegaremos en seguida, no se preocupe.

—No me recuerdas.

Pero esto último sonó como un silbido, devorado por el rumor de los motores.

Se acercaban a los suburbios. La joven redujo la velocidad con maneras suaves al aproximarse a los primeros rascacielos del distrito.

Espectacular y vívida, Basil divisó la tormenta que seguía proyectando rojizas llamaradas eléctricas contra las planchas de cristal ahumado de los edificios.

—Descendemos —anunció alegremente la conductora.

Las formas se concretaron con una insoportable contundencia. Las azoteas. Las ventanas como inmensos espejos. El trazado moderno y científico de las construcciones. El aire tenebroso que desprendía la ciudad. El vapor de los sistemas de desagüe. Las carreteras sembradas de basura.

El aterrizaje vertical devolvió al vehículo su aspecto inofensivo de automóvil de alquiler. Los neumáticos se posaron otra vez sobre el ardiente asfalto.

Ahora veía, ladeado, el rostro de su amiga de los años de instituto.

Ella había girado el cuerpo esperando que Basil abonara el importe del rápido viaje. La sorpresa iluminó su semblante. Ella también le reconocía.

Durante unos minutos, asombrados por el impacto de la coincidencia, se observaron cuidadosamente. Acto seguido, al unísono, estallando en risas y señalándose con los dedos, gritaron:

—¡Pero si eres tú!

Los dos se sentían impresionados.

«Tal vez esto es lo más hermoso que puede ocurrir —pensó Basil—: reencontrar a un amigo después de mucho tiempo.»

—Es que no me lo puedo creer —dijo Samantha—. Basil, eres tú en carne y hueso, en persona. Es fantástico.

—Y tú eres Samantha. Eso es también fantástico.

—¿Quieres que vayamos a algún sitio a celebrarlo? ¿Cuánto tiempo hace que no nos vemos? ¡Una eternidad! ¿Qué haces, a qué te dedicas? Basil, tienes que contármelo todo. ¿Adónde quieres ir?

A Basil le embargaba que su amiga fuese la misma joven vehemente y cariñosa de años atrás. Muchas veces se había interrogado a sí mismo tratando de averiguar por qué la timidez malograba sus intentos de acercarse a ella y expresar sin miedo lo que sentía en su interior.

El carácter de Samantha resultaba, por el contrario, incitador, desenfadado. Basil perdía el aplomo al contemplar a su amiga. Y con la inseguridad, su habla se trocaba en un tartamudeo ridículo. Siempre había ocurrido así en el pasado.

—Antes de ir a ninguna parte, Samy, tengo algo que contarte.

Ella reaccionó como si no hubiera escuchado aquellas palabras. Maniobró con inesperada resolución, hasta frenar el auto bajo un arco que se hallaba en penumbra. Muy cerca parpadeaban los sinuosos tubos de neón de un local de variedades y máquinas tragaperras.

Samantha se volvió hacia él.

—Bueno. En este turno he trabajado más que suficiente. No olvides, Basil, que me debes todavía una respetable suma de dinero. Vivo de esto y no me gusta mezclar la amistad y los negocios —sonrió al ver que su amigo, con la lentitud de un hombre de hielo, le entregaba los billetes—. Está bien, Basil. Ahora puedes contármelo todo.

El volvió a tartamudear como en los mejores tiempos del instituto, deslumbrado.

15

La sonrisa de Samantha impidió que iniciase algo parecido a un discurso. Y sin embargo, Basil no quería olvidar ningún detalle. Vio ternura y amabilidad en aquellos ojos profundos y verdes.

Sintió entonces una desagradable punzada en el pecho. Recordó que no tenía tiempo que perder. Debía comportarse con la sangre fría de un jugador que arriesga su fortuna al confiar en una carta.

Explicó a su amiga que necesitaba recoger urgentemente una maleta de su apartamento.

Samantha asintió. Esperaría en el taxi, a la entrada del portal.

—Gracias —dijo Basil. No quería extenderse en justificaciones laberínticas. Su amiga tampoco las había reclamado.

El ascensor progresaba hacia el piso diecisiete. Basil tuvo la impresión de que subía con mayor lentitud de la habitual. Sus nervios volvieron a tensarse después de la tregua que las sonrisas de Samantha habían abierto entre las vicisitudes de las últimas jornadas.

Abrió con cautela la puerta del apartamento.

En el ventanal se estrellaba el parpadeo de la tormenta.

En una cartera guardó planos, cuadernos de notas y mapas. En el dormitorio se vistió y recogió varias mudas de ropa que apiló en una maleta. Tuvo más cuidado al doblar el impermeable. Cargó con él porque pensaba devolverlo a su propietaria. Prefirió abrigarse con una cómoda cazadora.

Se detuvo para respirar profundamente. Estaba muy cansado. La pierna derecha aún le dolía. Lo había notado en cuanto dejó de pensar en Samantha. Le agobiaba su forzosa lentitud.

Descendió en el ascensor. Esta vez consideró que bajaba raudo, imparable. Sus resquemores se esfumaron.

Cuando volvió a ver a Samantha frente al volante, se sintió mejor. Se sentía excitado al acomodarse en el lugar del copiloto. Desde allí se contemplaba de otra forma el universo. A su izquierda, Samantha presionó la llave de contacto y el vehículo recobró su fuerza mágica.

16

El auto devoró la carretera que conducía hacia el sur de la ciudad. Allí se sucedían las fábricas, los talleres, los hornos. Los feos edificios de ladrillo asomaban como telones artificiosos entre el humo de las chimeneas y las nieblas lechosas de la humedad. Las luces titilaban débilmente como alfileres coloreados sobre un mapa, trazando itinerarios fantasmales.

Disciplinada, Samantha siguió las indicaciones de Basil para orientarse. Hubieran llegado antes convirtiendo el taxi en una nave voladora, pero desde el aire él se hubiera extraviado.

A medida que se internaban en su barrio, la vía iba estrechándose. La cinta de la carretera era continuamente cruzada por desviaciones, callejones sin salida y ramales que desembocaban en campos rectangulares de cemento, en recintos vallados y en patios donde brotaban por doquier torres eléctricas, refinerías e inmensos hangares. Podía palparse el hedor de la grasa, las gasolinas y la basura.

Samantha conducía con vigor, adivinando la ruta a seguir.

—¿Por aquí? —preguntaba ella cuando se aproximaban a alguna desviación.

—Sí. Es más allá —murmuraba Basil—. Guíate por los depósitos de agua.

Potentes focos acentuaban el volumen de las pilastras donde descansaban los ciclópeos envases. Basil tuvo la impresión de contemplar los vientres fosilizados de divinidades de culturas muy antiguas. Un alto cerco de alambre sugería la importancia de las instalaciones. Al fondo del recinto bailoteaban chispas que envolvían a los equipos de soldadores, protegidos por aparatosos escudos.

—Están levantando otro depósito.

—Eso significa que la ciudad sigue creciendo —comentó Samantha—. ¿Sigo en línea recta?

—Sí. Adelante.

A Basil le fascinaba la línea de los depósitos. Era como mirar las enormes piezas de un museo fantástico. Se acordó de la idealista locura de don Quijote al plantar batalla a los molinos de viento que el hidalgo veía como monstruosos gigantes.

—¿Por qué la gente se ríe de don Quijote?

—¿Ahora estás pensando en eso, Basil?

—Sí. Pero respóndeme.

Ella hizo una mueca de contrariedad.

—Huuummmmm. No sé. Supongo que la gente se ríe de la inocencia. Un hombre viejo que tiene el valor de comportarse como un niño, con esa nobleza de los niños que dicen grandes verdades utilizando palabras sencillas.

—Y los adultos se escandalizan.

—No —contestó Samantha—. Los adultos no se escandalizan, se ríen. Creen que los niños no pueden pensar. Por eso les sorprende cuando los pequeños se rebelan y demuestran que tienen sus propias ideas acerca de las cosas. Los mayores somos hipócritas y necios. No sabemos oír a los niños y nos burlamos del bueno de don Quijote. Es así.

—¿Te sientes mayor, Samy?

—Haces preguntas muy raras, Basil. Uno se vuelve mayor cuando se avergüenza de los sueños o cuando pretende despreciar la inocencia. Y yo hice las dos cosas —suspiró—. Parece mentira que precisamente tú me preguntes esto.

—Pero ahora estás conmigo y eso es lo que importa, Samy.

—Tenemos mucho de qué hablar.

La frase quedó en suspenso. Samantha, concentrada en la conducción, se mantuvo silenciosa. Basil imitó a su amiga.

La carretera se había estrechado hasta el punto de desaparecer. La línea de los colosales depósitos de agua y su espectacular sistema de iluminación quedaron atrás.

—A la izquierda —dijo Basil.

—Pero ¿dónde está la carretera? Ha desaparecido.

—Eso forma parte del misterio, Samy. A la izquierda.

Ella no dudó. Los faros del automóvil tenían un gran alcance y descubrieron sucesivamente tuberías y numerosos canales plantados sobre el campo abierto. A continuación la imagen se concretó aún más. El taxi entró por una pista de cemento en un recinto donde emergían almacenes y talleres en apariencia abandonados.

—Es el séptimo bloque de la izquierda —indicó Basil mientras extraía de la cartera un mando a distancia.

—Conoces esto muy bien.

—Ahora comprenderás el motivo.

Basil orientó el mando hacia la compuerta metálica, blanca de polvo, del séptimo bloque. La pared de acero se elevó dejando libre el espacio suficiente para que en el interior se acomodara una voluminosa nave. Samantha dirigió el auto en línea recta hasta el centro del amplio rectángulo, salpicado de herramientas, motos, sopletes inactivos, neumáticos, motores despiezados y planos amarillentos.

Los faros del vehículo dieron una repentina animación a los objetos.

—Ya podemos respirar tranquilos —dijo Basil pulsando el interruptor principal.

Y sonrió al recrearse en la visión de su refugio inundado de luz.

17

Cuando Samantha desconectó el motor del auto se inició una pausa de silencio que atemperaba el zumbido de los tubos fluorescentes y las lámparas.

Basil hizo una seña a su amiga para mostrarle los rincones secretos del taller, su refugio. No quería referirse a los acontecimientos de las últimas horas, porque prefería no hablar de Eduardo. Ella no hizo ninguna observación. Antes bien, su rostro reflejaba sorpresa ante los trabajos de Basil, que tenía la vista baja mientras apartaba mantas y capotas para descubrir los esqueletos de varias motos.

—O sea, es cierto —dijo Samantha.

—¿Qué quieres decir?

—En el instituto te llamábamos *el Silencioso.* Basil *el Silencioso.* No hablabas con nadie y parecías pendiente de todo. También te llamábamos *el Centinela.* ¿No lo recordabas?

—No —mintió Basil. No quería acordarse, eso era todo. Aquellos motes servían para se deprimiera. Aquellos sobrenombres, sin embargo, habían dejado de importarle. Tal vez había crecido.

—Ahora lo comprendo mejor. Trabajas en silencio, no cuentas nada a nadie. Es tu forma de ser, ¿me equivoco?

—No, creo que no te equivocas.

Samantha estaba asombrada y daba a entender que no iba a cansarse de contemplar aquellas creaciones.

Basil mantenía su sentimiento de pudor ante el entusiasmo de la joven. Allí guardaba el resultado de varios años de ilusiones y tenacidad. Sin embargo, no había logrado rematar ninguno de los prototipos previstos para el largo viaje, para la huida definitiva hacia la luz.

Samantha acariciaba con cuidado las piezas de las motos: los faros móviles, los alargados depósitos de combustible, el cómodo manillar, los asientos articulados, los motores.

—Es curioso —dijo ella—. Al entrar aquí con el taxi creí que se trataba de un cementerio de elefantes.

—Sí. Esa es la primera impresión —Basil encogió los hombros, confundido—. Samantha, quería decirte...

—Dime.

Basil reparó en la alegría de la muchacha y se le atragantaron las frases.

—No, nada, no era nada.

—Venga, Basil, no seas remolón y desembucha. Ibas a contarme algo, estoy segura.

Pero al decir esto ella no le miraba. Su atención la dedicaba en exclusiva a los prototipos. Basil sintió melancolía. Cuando lograba encontrarse a solas con Samantha, perdía la seguridad en sí mismo y seguía callado, *el Silencioso,* incapaz de referirse a sus sentimientos.

Durante mucho tiempo a Basil sólo lo había estimulado en su trabajo la posibilidad de sorprender a Samantha. En cierta forma, y a pesar del retraso, lo había conseguido. Pero la consecuencia final era la misma de siempre: ni siquiera deslumbrándola despertaba el interés de la muchacha.

—¿Dónde estás, Basil? —preguntó ella.

—Aquí, al fondo —Basil temía que se le saltaran las lágrimas. Se había ido al cuarto habilitado como vivienda de fin de semana, dispuesto en la parte posterior del taller, la más protegida—. Estoy comprobando si hay algo de comer.

—Veo que te has convertido en un hombrecito ordenado. ¿Todo esto lo cuidas tú, tú solo?

—Sí.

—Me gusta mucho tu cementerio de elefantes. Pero ahora tienes que contarme lo ocurrido, lo que te preocupa. Ya sabes que me gusta saberlo todo.

—Podemos hablar mientras preparo algo de comer. ¿Te gustan las ensaladas?

—Me chiflan, Basil. Lo recuerdas todo, ¿verdad? Eres muy atento conmigo.

Samantha dijo esto y besó espontáneamente la mejilla de su amigo.

Basil notó la rapidez con que su cara se volvía ardiente.

18

El esmero de Basil dio como fruto una ensalada refrescante y gustosa, aunque algunos de los componentes llevaran bastante tiempo en la nevera. Basil era un gastrónomo aficionado pero cuidadoso, sobre todo si pretendía agradar a sus amigos.

Mientras estaban comiendo, dejaron volar la fantasía y bromearon animadamente. Basil miraba con fijeza a Samantha.

De lo que él no dudaba era del saludable efecto que la presencia de la joven provocaba en su maltrecho espíritu. Ante ella volvía a tener motivos para sentirse capaz de afrontar cualquier tarea (por difícil que fuese) y, lo más importante, para alimentar los mejores sueños, los sueños imposibles.

Llevado por ese empuje, Basil relató al fin los sucesos que habían perturbado su existencia ordenada y apacible. Cuando Basil dejó de hablar, apreció en la joven un gesto de preocupación.

—¿Qué podemos hacer, Basil? Esos hombres de los que hablas, esos matones te están buscando.

—En el hospital pensé mucho en el asunto, Samy. Si me ayudas, será más fácil encontrar a Edu.

—¿Y los matones? ¿No te da miedo que puedan encontrarte?

—No.

Eso fue lo único que contestó Basil. No tenía miedo porque su amiga estaba de su lado y sus planes le inspiraban confianza.

Explicó a Samantha lo que harían en las horas siguientes.

Volvieron al automóvil.

En el exterior, Samantha de nuevo convirtió el coche en una nave voladora. Al cabo de pocos minutos sobrevolaban en silencio la ciudad, en dirección a los distritos más antiguos. Basil supuso que se estaba produciendo un cambio de turno en las fábricas, los comercios, las oficinas. Había mucha gente por las calles.

Le regocijaba distinguir a los seres humanos como puntitos multicolores, chispas dotadas de vida o dibujos animados aunque lentos. Le divertía mucho. Todo parecía irreal, cómico.

Comenzó a reír. Incomprensiblemente, había perdido el miedo a la altitud y esto le hacía dichoso.

A su lado, Samantha se extrañó por la ruidosa reacción de su compañero. Miró hacia la tierra y descubrió a hombres y mujeres comportándose como las bolas de un caótico juego de billar. Comprendió entonces la risa de Basil. Ella estaba acostumbrada a la sensación que desencadenaba el vuelo.

Desde lo alto todo resultaba pequeño, es más, mínimo y trivial. La ciudad asfixiante de los rascacielos y los grandes edificios se reducía hasta adquirir el tamaño de una cómica miniatura.

Se aproximaron al barrio donde se encontraba el estudio de Eduardo. Al descender la nave volvía a sumergirse en la oscuridad cotidiana.

19

Como no disponían de ninguna llave que pudiera abrir el apartamento de Eduardo, Basil pensó en la forma más fácil para entrar. Encontró el procedimiento, a pesar de sentirse nuevamente como un ladrón. Dio instrucciones muy precisas a Samantha, después de seleccionar en su taller las herramientas idóneas.

El taxi descendió suavemente hasta quedar al nivel de la terraza del estudio de Eduardo, situada en la parte posterior del edificio. El auto permaneció en suspenso durante unos segundos. Basil ganó el balcón de un salto.

Empleando una cuchilla de diamante que solía utilizar para dibujar la línea de los cristales protectores de las motos, Basil abrió un hueco en la puerta corredera. Marcó la silueta de un triángulo equilátero, lo bastante amplio como para introducir el antebrazo y manipular el picaporte sin ocasionar mayores destrozos.

Antes de introducirse en el estudio miró hacia atrás. Vio a Samantha, que sonreía y alzaba una mano; le deseaba suerte.

Basil correspondió a la seña de Samantha, como habían convenido. A partir de ese instante, disponía de tres o cuatro minutos para recoger los tesoros de Eduardo: el espejo gigante de plata y la cabeza del Buda. Había deducido que, a través de ellos, su amigo pretendía mostrarle algo, revelarle un secreto.

El, con ayuda de Samantha, lograría desentrañar el misterio.

Contempló ensimismado la ligereza del taxi al remontar las azoteas de los rascacielos más cercanos.

Respiró hondo antes de entrar en el estudio. La puerta no se había resistido ante sus malas artes.

De pronto Basil percibió un temblor que sacudía sus rodillas con el calambre del miedo.

Cerró los ojos y apretó contra el pecho la linterna.

Tenía miedo, *mucho miedo*.

Una ocurrencia había cruzado por su mente: ¿Y si los hombres de traje gris le esperaban allí, una vez que habían comprobado su fuga en la clínica?

Era demasiado tarde para dudar. Ya estaba dentro del estudio. Todo había sido muy simple.

Se atrevió a mirar la estancia. Se dio cuenta en seguida. La linterna iluminaba unos ojos que le estudiaban obsesivamente, a su misma altura.

No tenía escapatoria. Como había temido en el último momento, los matones le aguardaban en la casa de Eduardo. Tanto pensar y había caído en una trampa, como un aprendiz de detective.

—Bueno, me rindo —rumió con desgana—. Me han cogido.

Y lo peor era que tampoco podía recordar una canción determinada para envalentonarse.

—No perdamos más tiempo —dijo Basil—. Enciendan la luz, por favor.

Recordó la forma en que lo habían tratado los matones.

—¡He dicho que me rindo!

Silencio absoluto.

Querían asustarle. Eso era. Pretendían disfrutar a su costa.

«Pues me defenderé», pensó.

Basil bajó la linterna. Cuando escuchó un maullido, atronador como el chirriar de una puerta de madera seca y carcomida, estuvo a punto de desmayarse. Temía que aquellos hombres aparecieran para golpearle como la otra vez.

¡Miiiaaaauuuuuuuuuuu!

Saltó hacia atrás al notar el delicado roce en la pierna y, más preciso, en los talones. Basil permaneció quieto, jadeando durante un rato. La linterna apuntaba hacia sus pies. Pero no veía sus zapatos, como esperaba. Sobre sus pies jugueteaba el gato de Eduardo. ¡El gato, había sido el gato el causante del miedo! Se sintió cobarde y ridículo.

Basil corrió hacia donde, según recordaba borrosamente, debía de encontrarse el interruptor de la luz. Lo pulsó para persuadirse de lo infundado de sus temores.

Entonces comprobó que en el estudio de Eduardo no quedaba nada. Salvo el felino, todo lo demás había desaparecido. Se habían llevado hasta las mesitas de té.

Ante semejante panorámica, Basil comenzó a maldecir. Notaba la abundancia del sudor recorriéndole el cuerpo. Estaba angustiado. Apreciaba de nuevo el vértigo del nerviosismo, la necesidad de pensar deprisa. Samantha estaría a punto de regresar para recogerle.

Inconscientemente, Basil había tomado el gato entre los brazos y le acunaba acariciándole el suave lomo poblado de mechones blancos y gualdas.

¿Qué había ocurrido? ¿Todo lo que había visto entre aquellas cuatro paredes era sólo el capítulo de una pesadilla, la porción anecdóctica e insignificante de un sueño? No era posible

Anonadado, triste, Basil se encaminó hacia el balcón.

Oyó golpes en la puerta del estudio, a su espalda. Pero a Basil le invadió de pronto una honda sensación de fortaleza. Sólo prestaba atención al gato, cómodo entre sus brazos y tranquilo. Esa imagen le conmovió.

Salvar a la mascota de su amigo era lo más importante en aquellas circunstancias.

—¡Abran! ¡Es la policía! ¡Abran a la policía o echaremos la puerta abajo!

Gritaban desde la escalera. Basil caminó hasta la terraza. Un zumbido estable certificó que Samantha llegaba puntual, como siempre.

—¡Rápido, Basil, sube! —gritó la joven—. Pero, ¿qué te ocurre? Pareces sonámbulo.

El no contestó.

Desde el balcón, con gestos mecánicos, se limitó a ofrecer el gato a Samantha. Ella se inclinó sobre el asiento del copiloto para recogerlo. A continuación, en dos saltos, Basil se aupó sobre la barandilla de la terraza y trepó hasta el taxi.

Al instalarse en el taxi flotante vio a varios agentes de policía. Habían derribado la puerta del estudio y entrado en el apartamento con la fuerza de un remolino. Fue una estampa fugaz. Las gorras y los uniformes oscuros eran como sombras clavadas contra la línea barnizada del suelo.

20

Ella comprendió que Basil estuviera disgustado y no pronunció una palabra. Depositó el gato en su regazo con ademán amoroso, pues su mansedumbre no le impedía conducir con soltura.

La ciudad parecía remota, hermética. Los reflectores y los tubos de neón creaban grandes nubes sobre construcciones piramidales, erizadas de pequeños puntos de luz amarilla, rosada y azul.

—¿Cómo se llama? —preguntó Samantha.

—¿Qué?

La pregunta sorprendió a Basil distraído.

—El gato. ¿Tiene algún nombre?

—No lo sé. Edu nunca me dijo nada.

—Me gustaría mucho llevarlo conmigo en el taxi. ¿Te importa que me lo quede yo? Lo cuidaré bien, Basil, ya verás. Está muy flaco.

—Sí, por supuesto, lo que quieras —murmuró él, ajeno a lo que Samantha le decía—. El gato es lo único que nos queda de Edu, por ahora.

—¿Qué ocurrió en el piso?

—En realidad no ocurrió nada porque lo han vaciado completamente. Da mucha pena, no queda ni un alfiler. Ni la mesa de billar, ni el espejo, ni el busto. ¡Se lo han llevado todo! ¡Y yo creo que estoy empezando a volverme loco!

—No digas tonterías, Basil —Samantha, sin embargo, se preocupó por el semblante crispado de su compañero—. ¿Crees que habrán sido *ellos?*

—Han sido ellos los que me obligaron a tomar esta decisión.

Los dos jóvenes se sobresaltaron al unísono. Ninguno de ellos había hablado.

¿Quién había hablado? ¿A quién pertenecía aquella voz profunda? Lo ignoraban. Echando ojeadas cautelosas alrededor, buscaban la respuesta.

—Basil —Samantha, erguida y tartamudeando, señaló de pronto sus rodillas—. Creo... Creo que es el gato.

—¡Qué dices!

—Te lo digo en serio —musitó ella.

La muchacha volvió a sostener el volante empleando las dos manos. Reaccionaba como si por espacio de unos minutos hubiera perdido el sentido.

Basil se fijó en el animal. Los largos bigotes amarillos relucían. Las fauces estaban cerradas transmitiendo una reconfortante tranquilidad.

«¿Cómo va a hablar el gato? —pensó Basil—. Eso son tonterías. Ahora está dormido.»

—Creo que te has puesto muy nerviosa, Samy. Debes tranquilizarte.

—Te digo que es el gato. Noto cómo vibra sobre mis piernas, Basil. No lo comprendo.

—Bueno, gatito —Basil se inclinó hacia ella—. Habla un poco para que Samy se quede más tranquila, anda —bromeó—. Unas palabras, nada más.

Como si se hubiera puesto en marcha un resorte, la voz oscura replicó a su invitación.

—Voy a contártelo todo, Basil. El gato habla. Y eso es porque yo hablo por el gato. Has de comprenderlo. El gato es una creación mía. Es decir, una recreación. Pero lo importante no es eso, sino que mi destino depende de este animalito... Y de ti, claro.

Boquiabierto, Basil reconoció el timbre, distorsionado por la grabación, de Eduardo. ¡Edu había grabado un mensaje y el gato le servía como emisora! Parecía imposible. La voz partía del gato aparentemente dormido. Ante el nerviosismo de Samantha, que iba en aumento, Basil tomó al animal y lo colocó sobre sus piernas.

—Veamos, lindo gatito.

—Sería largo explicar la historia de este gato, Basil —prosiguió la voz misteriosa—. *Era mi gato preferido, pero unos brujos sin corazón me lo arrebataron en uno de mis viajes por Oriente, para sacrificarlo en un rito arcaico. Pude recuperar tan sólo el cuerpo, vacío por dentro. Fue una desgracia, porque no pude devolverle ninguna de sus siete vidas, y eso que lo intenté. Desde el momento en que lo recuperé, sin embargo, me puse a estudiar infatigablemente los medios para devolverle una forma de vida. Quería que siguiera a mi lado. Aprendí mucho sobre las técnicas de las construcciones de autómatas, especialmente las del mundo antiguo, y creo que, a la vista de mi obra, mejoré notablemente todas las enseñanzas recibidas. Incluso se relaciona con gatos reales sin que lo rechacen, es uno más entre los de su especie... Y tú, Basil, lo has visto correr persiguiendo ratones, como un auténtico gato, ¿lo recuerdas? En la escalera. Te asustaste mucho.*

—A nosotros también nos ha engañado —dijo Samantha, con disgusto—. Iniciamos el descenso, Basil. Prepárate.

Los faros proyectaban triángulos de claridad sobre el área de almacenes abandonados. Allí continuaba el refugio de Basil. Deshabitada, la zona inspiraba inquietud, como si el negro del cielo fuera más sólido en ese paraje que en la ciudad. El taxi se meció con suavidad, hasta posarse sobre la superficie.

La voz distorsionada de Edu se volvió a oír.

—*Grabo estas palabras mientras duermes, Basil. Algunos temores me inducen a contarte la historia desde el principio. Has de escucharme con mucha atención, como si el gato fuera yo. Pronto entenderás que mi prudencia no es injustificada.*

La voz seguía sonando enigmática cuando Samantha llevó el vehículo al interior del taller.

Cerrada la compuerta, Basil presionó un interruptor. Del suelo brotó un periscopio. Inclinándose sobre los brazos laterales, el joven comprobó si los habían seguido. El exterior se redondeó despejado en la lente del periscopio. Sólo nubes de polvo caliente y rojo que embellecían la tozuda oscuridad.

21

Los dos jóvenes se hallaban agotados, en el límite de sus fuerzas. El único consuelo radicaba en el relato grabado de Edu, que su mascota, reencarnada mecánicamente, les proporcionaba con voz monocorde. Samantha se había sentado sobre una caja que contenía botes de pintura plástica. Basil prefirió mantenerse en pie, junto al gato, como velando por una máquina muy frágil. Temía que estuviera a punto de desarmarse, porque la voz de Edu sonaba cada vez más alta.

—*Por cierto, el gato se llama* Rasputín. *Bastará que lo llames por ese nombre, para que se despierte. Y si está despierto, con decir* Rasputín, *se quedará dormido.*

Basil depositó a *Rasputín* sobre cojines muy viejos, pero confortables.

La voz daba algunas explicaciones concretas sobre las amenazas que le habían agobiado en vísperas de su secuestro.

Con estos datos, Basil podía comprender lo sucedido en el lapso de tiempo que su Amigo Invisible había empleado para grabar aquella historia. Edu se aprovechó del momento en que él se adormecía o tal vez fuera él mismo quien echara alguna sustancia sedante en el té aromático traído de Oriente. Pero lo que Basil no llegaba a comprender era el motivo de tanto secreto.

Nada justificaba tanta teatralidad. ¿Pretendía Edu darle una sorpresa? ¿Sabía que en seguida llegarían los hombres de traje gris y tomaba sus medidas de seguridad? Decididamente, por ese camino no llegaría a ninguna parte.

La voz, implacable, añadía nuevos episodios al relato.

—*Es posible, Basil, que no estuvieran bien algunas de las cosas que hice en el pasado. Es posible que sean censurables, e incluso muy censurables. Pero yo no trafico con drogas, como dicen por ahí. Eso nunca. Lo que sí hice fue buscar un mecenas para que financiase mis viajes por los países orientales. Busqué un mecenas, y encontré un socio. El me ofreció el dinero que necesitaba para financiar mis expediciones. Me di cuenta demasiado tarde de la naturaleza verdadera de sus actividades y negocios, y de sus inconfesables intenciones. Mi socio se llama Marty, y es un hombre fuerte, muy rico, rodeado de un ejército de pistoleros. Tiene una cadena de apuestas, de locales donde se distribuyen bebidas fuertes y donde se juega. Son establecimientos legales en apariencia. En algunos de ellos se han montado laboratorios para atender la principal fuente de ingresos de Marty y de sus hombres: la droga. Muchos científicos trabajan para Marty refinando droga* —hubo una pausa, como si a Edu le atemorizase profundizar en su relato—. *Cuando yo propuse a Marty que me hiciera un préstamo, y le expliqué mis propósitos, él no puso ninguna objeción. Aplaudió mi valentía, me felicitó por mi inteligencia. Sólo después comprendería que me estaba utilizando. Descaradamente. Al cubrir los gastos de mi viaje, se dedicaba en realidad a proteger sus intereses. Yo no era sospechoso para la policía, que vigila muy de cerca a Marty y a los componentes de su organización, y podía desenvolverme con toda la libertad que quisiera, allí donde me dirigiese. A cambio de donaciones tan generosas, Marty sólo me pidió que le hiciera un favor, y yo me comprometí. No me pareció sospechoso entregar unas cartas a sus amigos de Oriente. De esta forma, ignorante de mí, me convertí en un enlace inconsciente entre Marty y sus colaboradores extranjeros, que le abastecen en grandes cantidades de armas y drogas. Sólo al regresar, mucho después, até cabos y comprendí la manipulación, Basil. Pero yo no sabía nada y tampoco nadie me dijo nada extraño, allí donde estuve. Y visité muchos países, fascinado por la belleza de Oriente, por la luz, por la espiritualidad de aquellos pueblos lejanos. Cumplí mi palabra al entregar los sobres a los «amigos» de Marty, eso es lo que hice. Y de no ser por todo lo que ocurrió a partir de mi regreso, querido Basil, yo no habría recelado jamás de la bondad de mi benefactor, nunca me hubieran producido inquietud las operaciones de Marty, ¿comprendes?*

—Sí. Lo comprendo, Edu —dijo Basil, creyendo que hablaba con su amigo. Aunque tomaba a sorbos una taza de café, advertía una ola de sueño que le invadía desde la frente hasta los pies.

Hubiera dicho *¡Rasputín!* para detener la grabación, pero no tuvo valor para interrumpir el relato.

—Tal vez Marty desconfió de mí, tal vez se puso nervioso por alguna pesquisa policial o creyó que yo era más listo de lo que parecía. Tal vez le preocupó mi entusiasmo, cuando volví de Oriente. Lo cierto es que Marty pensó que yo me había convertido en un competidor, o simplemente su ambición lo llevó a envidiar mis adquisiciones y descubrimientos. Donde busqué lo mágico, él sólo podía hacer cálculos sobre grandes ganancias y oscuros negocios. Pensó que mis hallazgos eran apropiados para crear una má-

quina de fabricar dinero y más dinero. Creo que mereceré todo lo que me ocurra, pero jugué a hacerme el misterioso. Mi actuación irritó mucho a Marty. Y eso le ha llevado a decidir que se quedará con todo. Quiere mis tesoros, Basil, y no voy a dárselos. Sospecha que con ellos podrá conseguir una gran fortuna... He sido tonto y me encuentro en un lío. Menos mal que estás conmigo, Basil. Sé que vas a ayudarme.

—Claro, claro —murmuró Basil—. ¿Has terminado ya?

—*Bueno, queda un poco* —insistió la cinta. Sin duda Edu había previsto que la grabación no despejaría las dudas de Basil—. *Si me ocurre algo, el gato hablará por mí. Debes cuidarte de los dos guardaespaldas personales de Marty. A uno de ellos lo llaman* Nacho el Sonrisas *porque no se ríe jamás. Le gusta mucho el mus, tanto o más que dar golpes. El otro es Juan Jalisco y lo llaman* Salchicha de Frankfurt *porque tiene los dedos como jamones y la cabeza cuadrada. Ya te he avisado, Basil. Ten mucho cuidado con ellos.*

Hubo otra pausa, más prolongada que la anterior. Basil empezó a impacientarse.

—Está bien, Edu —dijo al gato—. ¿Has terminado ya? Samy se ha dormido, y yo también quiero descansar.

La grabación reprodujo un crujido ensordecedor, que sorprendía por la apacible postura del gato.

—*¡Pero qué es esto! ¡Socorro, Basil, despierta!*

Después de estas llamadas, la voz de Edu iba alejándose. Era probable que su amigo se desprendiera de su mascota para luchar contra los matones de Marty. Se oían golpes y el crujir de la madera.

—*¡Auxil...!*

A continuación, el silencio.

Basil miró a su alrededor, a fin de cerciorarse del

lugar donde se encontraba. Sí, era su taller. Nada había cambiado. Permanecía en el refugio idóneo para vivir al margen de los relatos de su Amigo Invisible, de la violencia de los matones, de las inquietudes cotidianas. En síntesis, se encontraba a salvo del férreo orden de la ciudad.

Se acercó a Samantha. Se había dormido. La ayudó a incorporarse, semiinconsciente, y la acomodó en la estrecha cama plegable del cuartucho del fondo.

—Eres muy gentil conmigo, Basil, muy gentil —murmuró ella, como si hablara en sueños—. Todavía tienes que decirme...

A Basil lo seducía el rostro dc la muchacha dormida. Los rasgos pícaros y provocadores de Samantha se relajaron hasta adquirir una paz embriagadora, contagiosa.

Durante un rato Basil estudió aquellas facciones. Se consideraba compensado, después de afrontar tantas adversidades.

Apagó la luz del cuarto de atrás y se recostó en la mesa de planos, olvidando el dolor de espalda.

22

El aroma de huevos fritos, jamón y café recién hecho le anunció el principio de otra jornada. Y Basil, al descubrir a Samantha trajinando en la cocina, sonrió optimista, de buen talante. Le parecía un hermoso principio.

Se dio una ducha mientras su amiga ultimaba los preparativos del desayuno. Bajo el chorro del agua, enérgico por la proximidad de los depósitos, ordenó sus pensamientos.

—Date prisa, Basil. Esto se enfría.

Vio radiante a Samantha. Parecía orgullosa de su trabajo. Tenía el pelo húmedo aún. Debía de llevar en pie más de una hora.

—Todo está delicioso, Samy. No sabía de tus habilidades en la cocina.

—Hay que saber un poco de cada cosa, ¿no crees?

—Yo soy muy torpe para casi todo.

—No es verdad.

—Sí lo es —protestó Basil.

Ella entornó los ojos. No concedía importancia a las palabras del muchacho.

—¿Qué haremos hoy? —preguntó.

Basil se atragantó. Tardó en tragar y en responder.

—Separarnos, supongo.

—¿Separarnos? —se extrañó Samantha—. ¿Qué quieres decir con *separarnos?* ¿Por qué? ¿Hice algo mal?

—Nada —Basil continuaba masticando un pedazo de jamón.

—Entonces no veo motivo alguno para que hagamos lo que dices.

—Debes confiar en mí. Este asunto es más peligroso de lo que parece.

—¡Ah, claro! Y yo soy una chica, una *débil* chica —puntualizó Samantha con retintín hiriente.

—No es eso, Samy.

—¡Pues no lo entiendo!

Basil se sintió incómodo.

—Por favor, Samy, déjame que te cuente lo que estuve pensando. ¿Recuerdas que te conté algo sobre los extraños sucesos que se produjeron en la oficina, poco antes del secuestro de Edu? ¿Lo recuerdas?

—Sí.

—Creo que Edu quería que yo comprobase directamente el poder de su magia. Después iba a comunicarme algo, pero los matones de Marty, que estaba interesado en los objetos mágicos de Edu, se lo impidieron.

—¿Por qué iban a interesarle a un gánster unos simples objetos? ¿Porque Edu decía que estaban encantados?

—Es muy sencillo, tal como yo lo veo. Si Edu podía conseguir que sus deseos se cumplieran, Marty pensó que la magia sería útil para realizar sus propósitos.

—Un gánster no es un mago, Basil.

—Imagínate por un instante la siguiente escena: Marty quiere robar un banco. Pero quiere hacerlo sin que nadie se dé cuenta. Es simple: Contando con la magia de Edu, puede hacer que los cajeros y el director del banco le entreguen todo el dinero; más tarde no se acordarán de nada, ni siquiera de la presencia de Marty. No opondrán resistencia alguna, no llamarán a los guardias. No testificarán contra él, porque no pensarán en poner una denuncia. De alguna forma, los poderes de los que habla Edu logran someter la razón y la voluntad de las víctimas. Hizo que yo me creyera un nadador. Los jefes de mi departamento también se comportaron de una forma muy extraña. ¿No es algo fantástico? El propio afectado no sabe en realidad lo que le ocurre, porque no es su voluntad la que interviene, sino una fuerza desconocida. Y Edu la dirige. ¿Crees que Marty no querría controlar semejante poder?

—Muy bien, señor sabelotodo —dijo—. Pero la situación sigue siendo la misma. ¿Qué haremos ahora?

Basil bajó la vista simulando preocupación mientras bebía un sorbo de café.

—Separarnos, ya te lo dije antes.

Hubo de esquivar los platos que la muchacha lanzó contra su cabeza. No había previsto una reacción tan rápida ni tan violenta.

23

Incapaz de exponer con naturalidad sus sentimientos, Basil decidió que la simulación era el camino más rápido para poner a prueba a su amiga.

—¡No, Samy, no me tires más platos, por favor!

Basil se ocultó detrás de la mesa de planos. Alzó un pañuelo blanco para que cesara el bombardeo.

—¡Idiota, estúpido! —gritaba la muchacha—. ¿Crees que voy a dejar que te arriesgues tú solo? ¿No soy lo bastante valiente para ir contigo o te avergüenzas de mí? ¡Imbécil!

Samantha descubrió otras municiones útiles en una caja de herramientas. Atornilladores, escoplos, martillos, clavos, tuercas, punzones y llaves de todos los tamaños volaron contra Basil, sorprendido por el desmesurado enojo de su amiga.

—¿Te rindes, cobarde? —gritó Samantha—. ¿Te rindes?

—Sí, me rindo —Basil alzó de nuevo el pañuelo blanco.

—¡No te oigo! Habla más alto. Quiero saber si te rindes. De lo contrario, pienso seguir hasta arrasar el taller entero.

—¡No, por favor! —gimió Basil, con voz aflautada—. Me rindo, me rindo. Seguiremos juntos, Samy, de verdad.

—¡Tonto, eres tonto! —insistió Samantha. Parecía a punto de llorar.

—No sigas, Samy. Me he rendido.

—Tonto, tonto, más que tonto. No me quieres nada. No sabes cómo librarte de mí.

Samantha sostenía en la mano un volumen de láminas de motocicletas antiguas.

—Por favor, Samy, cálmate. Voy a salir.

—Ni se te ocurra, *Silencioso.*

—Samy, yo... ¡yo te quiero, pero no sé cómo decírtelo!

El libro de láminas alcanzó a Basil en la frente.

El libro hizo *crash* sobre sus cejas. El fingió que perdía el conocimiento. Permaneció tieso unos segundos. Después se dejó caer de espaldas, rígido como una tabla de planchar.

Trash. Crash.

—¡Basil! ¡Basil!

Ella corrió junto a él. Cerrando los ojos, Basil se derrumbó entre cajas vacías de cartón y varias pilas de revistas de motociclismo. Apenas se hizo daño. Estaba entrenado para caer desde un vehículo que marchara a gran velocidad. Algunos pilotos de prueba consintieron en revelar sus trucos para él. Había sido un alumno aventajado.

Guiñando el ojo izquierdo y reprimiendo la risa distinguió el rostro de Samantha, húmedo de lágrimas. Advirtió también el nerviosismo de su amiga, que miraba a uno y otro lado, a la búsqueda de algo que sirviera para reanimarlo.

Basil permaneció rígido en el suelo, aguantando la respiración.

Sin abrir los ojos, inmóvil, marcó las sílabas al hablar.

—Es-toy mo-ri-bun-do. A-rre-piénnnnnn-te-te de lo que haaaaasssss heeeee-choooo —Basil entonaba como en las películas de terror. Estuvo a punto de echarse a reír mientras imitaba a un vampiro que fuese a salir de su ataúd—. Has siiiii-do ma-la, Saaaa-my. Sóooo-lo si pro-me-tes ser ca-ri-ño-sa y a-ma-ble con-miiiii-gooo, po-dré voooool-ver a la viiiii-da. A-dióooooossss, Saaaaaa-my, a-diiiiióssss. Me voooyyy.

—Me arrepiento, me arrepiento. De ahora en adelante, seré más amable, te lo juro.

—Entonces ya he vuelto —Basil alzó los párpados y sonrió.

No pudo evitar que ella lo abrazara aparatosamente. En otras circunstancias, tampoco lo hubiera impedido.

Al sentir los labios de la joven en los suyos Basil tuvo una certeza: no había conocido una emoción tan honda en su vida.

24

La paz determinó que Basil acentuara sus atenciones respecto a su amiga.

Basil intentó asimilar la energía que de pronto lo impulsaba, consultando la expresión de su amiga. Bastó ese vistazo rápido y cómplice para que se entendieran. La sensación de miedo había desaparecido.

—Pongámonos en marcha.

Basil dijo que debían ir al centro. Allí estaban ubicados los comercios de mayor prestigio de la ciudad.

—¿Vamos de compras?

—Exacto —dijo Basil—. Quiero hacerte un obsequio.

No era eso lo que se proponía, pero no le pareció conveniente extenderse en descubrir sus verdaderas intenciones. Samantha sonrió alegre.

Hasta llegar a la ciudad, llevando el auto las ventanillas bajas, apretó el acelerador. Basil reconoció la melodía que ella tarareaba y la acompañó cantando mientras el aire les sacudía el pelo.

Cuidado con esa chica
Es tan joven aún

Sabe cosas que no
Puedes imaginar
Al otro lado las sombras
Parecen aguardar
Cierra los ojos
Siente tu cuerpo temblar.

Reían alegres y despreocupados. Desahogaban en la velocidad los temores recientes. No querían acordarse del verdadero motivo de su viaje. Sólo deseaban sentirse juntos entre risas y canciones, como si no existieran los problemas.

Interiormente, Basil recordaba imágenes que le presentaban a los autores de la canción. *Radio Futura,* se llamaban. En el instituto, las chicas más jóvenes coleccionaban fotografías del solista y las pegaban con cinta adhesiva a las carpetas, entre los ídolos del cine, Dean, Brando, Bowie, Steve McQueen o Paul Newman. Eran también los ídolos de sus madres. En el mundo que sobrevivió a la catástrofe que tornó negro el firmamento y oscura la ciudad, las canciones, los filmes clásicos nutrían la única memoria posible.

Era una hermosa memoria de sueños.

—¿Preocupado?

—Nostálgico —dijo Basil—. ¿Te acuerdas de los tiempos del instituto, cuando íbamos al cine y coleccionábamos fotografías, tebeos, discos? ¿Te acuerdas?

—No quiero recordar, Basil. Prefiero el presente. No me gusta hablar de lo que ya ha pasado, es un poco triste, ¿no? Voy a contarte una historia: cuando, como tú dices, íbamos al cine, coleccionábamos fotografías de nuestros ídolos, cambiábamos cómics, discos, cromos y canicas, yo estaba muy ilusionada. ¿Recuerdas que Edu y yo salimos durante un tiempo, como novios?

—Sí.

—Me extraña que todavía no me hayas preguntado sobre eso.

—No quería molestarte, Samy.

—Eres muy considerado —ella miró de soslayo a Basil. No parecía conceder importancia al tema—. Y te lo agradezco, de verdad. Creo que tienes que saber lo que ocurrió entonces. Nosotros te dejamos en la estacada. Teníamos planes... Pero Edu siempre fue un egoísta, y yo entonces estaba muy enamorada de él. Bueno, en realidad estaba engañada. Poco a poco me di cuenta de que Edu rompió el grupo por motivos muy personales. Muy personales, ¿entiendes lo que quiero decir?

—No, no te entiendo, Samy.

—Es muy fácil. Edu tenía envidia de quien pudiera destacar más que él. Era automático —Samantha hizo un gesto despectivo—. No sólo rompió nuestro grupo e hizo inviables los proyectos que habíamos hecho. También se distanció de otros amigos, y me impuso esa situación. No terminó los estudios, se negó a buscar empleo. Vivimos momentos muy difíciles. Tampoco me dejó que yo siguiera estudiando.

—Podías haberme llamado.

—¿De qué hubiera servido? —dijo—. Además, ignoraba tu paradero. Podía haber hecho mis averiguaciones, pero preferí resolver mis problemas por mí misma. Supuse que estarías molesto conmigo. Muchas veces me lamenté por no haber sido más sincera. Todo fue muy precipitado. Edu me contó que tú estabas platónicamente enamorado de mí, pero siempre creí que era otra de sus bromas, un modo de burlarse de ti. Eres transparente, Basil, y eso no es bueno en una ciudad sin luz.

—¿Qué quieres decir?

—Eres noble. Ahora estás tratando de ayudar a quien te perjudicó en el pasado.

—También te perjudicó a ti y actúas igual que yo.

—No es lo mismo —puntualizó Samantha—. Yo lo abandoné. Aprendí a conducir, empecé a ganarme la vida y decidí que no merecía la pena seguir. Ahora soy propietaria de mi coche y quiero estar contigo, porque me gustas.

—Tú también me gustas, Samy. Y es bonito poder decirlo sin temor —Basil respiró hondo—. Aún me cuesta creer que estemos juntos en esto.

Ella siguió hablando. Su semblante se relajó.

—¿Quieres saber por qué he insistido tanto en estar contigo en la búsqueda? Te lo voy a decir. No es por amistad. Edu se encargó de destruir lo que sentía por él. Creo que tiene los problemas que se ha buscado y creo que te vuelve a utilizar para salvar el pellejo. No se puede jugar con hombres como Marty. Si ha secuestrado a Edu, sus motivos tendrá, no lo dudes.

—Puede ser, pero eso no es una explicación, Samy.

—No me alegro de la desgracia de Edu. Sólo pretendo hacer las cosas bien. Por una vez en mi vida, no quiero malentendidos —afirmó ella, tajante—. Ya te dije que abandoné a Eduardo. Eso quiere decir que ni siquiera me despedí de él. Ahora me importa mucho rescatarle. Quiero decirle adiós con todas las letras.

—Pero ¿por qué?

—Por ti, Basil —una sonrisa coloreó nuevamente el rostro de Samantha—. O por nosotros, si lo prefieres.

25

En el distrito comercial, Basil compró un sombrero de ala ancha, varios monos negros y botas de motorista de carreras, una cazadora de aviador, cohetes de artificio, una cadena de gruesos eslabones, cinco metros de cordel y varias camisetas de tirantes estampadas con los logotipos de sus bandas de rock predilectas. Salía de las tiendas mostrando una amplia sonrisa, como disfrutando anticipadamente de una travesura.

—¿Vas a una fiesta de disfraces con todo esto? —preguntó Samantha, perpleja ante las adquisiciones realizadas.

—Voy a la oficina —dijo Basil—. Si me llevas, claro está.

—Pero allí te pueden localizar, cariño. ¿No me contaste que los matones ya habían pasado por tu despacho?

—Hazme caso. Llévame a la oficina. Tengo algo que enseñarte.

—¡Estás loco! —Samantha alzó las manos—. Basil, escúchame: no te conviene estar enamorado. Cometes demasiadas tonterías.

Sin embargo, sin dejar de farfullar un instante, ella lo condujo hasta la fábrica. El tono misterioso que Basil había adoptado yendo de tienda en tienda le complacía tanto como excitaba su curiosidad

26

Durante unos minutos Basil permaneció en el taxi, a la expectativa. Detuvieron el vehículo en la entrada posterior del recinto, donde no era frecuente la presencia de los guardias de la empresa. Aunque recordaba en detalle el horario que regía el funcionamiento de la factoría, quería comprobar si el cambio de turno expulsaba al café a los centenares de trabajadores de la fábrica y de los almacenes.

Esperaba ese instante para mezclarse con la masa y llegar, sin que lo vieran, hasta el aparcamiento subterráneo. Aquel trayecto, que había repetido con descuido jornada tras jornada a lo largo de varios años, resultaba ahora motivo de intranquilidad.

Los minutos pasaron con cansada y agobiante lentitud.

Utilizó el sombrero de ala ancha para ocultar el rostro, cuando oyó la sirena del cambio de turno.

—¡Eh! —llamó Samantha cuando Basil se disponía a salir del auto—. ¿No crees que te olvidas de algo importante?

—Debes esperarme en el refugio —dijo Basil—. Si no he llegado en dos horas, avisa a la policía.

—Eso ya lo sabía, tonto. Pero yo hablaba de algo importante.

Confuso, Basil empujó el sombrero hacia el cráneo. Ella replicó con un mohín cariñoso; le enviaba un beso.

—¡Hombres!

El taxi desapareció con un susurrante giro, tan pronto como Basil alcanzó la entrada de la factoría.

Por el patio remoloneaban los operarios que se dirigían en grupos informales hacia la cantina. Basil se encogió dentro de su ancho impermeable. Como al huir del hospital, llevaba las solapas alzadas y la cabeza baja para que nadie reconociese su rostro. Pero en esta oportunidad la cinta transportadora contribuyó a que ganase terreno con mayor rapidez.

Llegó sin dificultad al aparcamiento. No fue necesario que encendiera la luz para guiarse entre las hileras de vehículos estacionados, compuestas por modelos variopintos y multicolores.

Pese a la semipenumbra reinante en el subterráneo, recordaba de forma nítida la plaza donde había dejado su moto. Allí permanecía su máquina. Al acercarse a ella, Basil tuvo la impresión de que un brillo metálico, semejante a una sonrisa, se desplegaba por el faro frontal.

Sorprendido y alegre, Basil pasó la mano por el lomo de la máquina. Abrió la caja de plástico duro y extrajo el casco de protección. Dejó el sombrero, echó el cierre a la maleta, introdujo la llave en el sistema de arranque. La moto estaba libre, dispuesta para despertar.

Comprendió que no estaba solo cuando iba a ajustarse el casco. Basil comprendió que alguien caminaba hacia él empleando calzado de goma. Uno o dos hombres.

—Vaya, vaya, mira quién está ahí —dijo una voz engolada.

—Eso, mira quién está aquí. Es el príncipe en persona.

Con un seco tirón, Basil empujó el casco hacia los hombros. Alzó la solapa, una vez que abrochó la hebilla, montado ya sobre la moto. Eran *Cabeza Cuadrada* y *Caja de Ritmos*, o bien *Caja de Ritmos* y *Cabeza Cuadrada*, daba igual. Y como siempre, uno era eco del otro. Carlo y Terenci, vistiendo monos manchados de grasa, exhibían idéntica sonrisa. Lo habían descubierto.

—Nos dijeron que estabas de vacaciones porque te sentías enfermo —insinuó Carlo con voz afectada.

—Eso, de vacaciones. Y nosotros —se quejó Terenci—, nosotros trabajando como animales.

Se habían situado delante de él, como si pretendieran obstaculizar su salida.

—Dejadme salir —aconsejó Basil al activar el sistema de encendido.

El rugido de la moto hizo retroceder dos pasos a la pareja.

—Tal vez a la policía le interese saber que te encuentras bien —gritó Carlo tratando de imponerse sobre la furia estruendosa del motor.

—Eso, la policía estará muy interesada en comprobar que te has recuperado —insistió Terenci, inquieto por la forma en que les apuntaba el morro de la máquina. El faro lo cegaba.

—Dejadme —Basil se impacientaba. Estaba harto de aquellos dos pesados—. Tengo mucho que hacer.

—¡Se lo diremos a la policía! —Carlo *Cabeza Cuadrada* estaba desgañitándose.

—¡Claro que se lo diremos, y ahora mismo! —confirmó Terenci *Caja de Ritmos*—. Vamos, Carlo, busquemos al inspector.

—No será necesario —la orden sonó mecánica pero contundente—. Basil, apague esa máquina infernal.

—Muy bien, inspector.

—Eso es, inspector, así se habla. Ya lo has oído, príncipe.

A Basil lo sorprendió la aparición de Funes. El policía seguía comportándose de un modo solemne. Pero esta vez no llegaba solo. Varios agentes uniformados lo seguían.

—Ustedes dos, lárguense de una vez —gritó rabioso a Carlo y a Terenci, aunque sin mirarlos. Los dos mecánicos echaron a correr. La furia del inspector sonaba más fuerte que el motor de la máquina de Basil—. Basil, apague ya ese monstruo y acompáñeme. De lo contrario, lo detendremos y será peor.

Basil dudó si obedecer al policía. Muy seguro, Funes le daba la espalda, como ganando tiempo. Se dirigía hacia la escalera del aparcamiento.

Los agentes le apuntaron con sus armas. Basil, aparentando vacilación, arrancó en seco, acelerando mientras enfilaba a los guardias. La moto cruzó entre ellos, que se apartaron ante el empuje de la máquina.

Oyó a su espalda el retumbar de la voz de Funes. Sonaron algunos disparos de pistola. Los proyectiles fueron a rebotar en las columnas cuadradas del aparcamiento, aumentando el caos entre los agentes. Funes había perdido la compostura. Chillaba de tal modo que parecía hablar en un idioma inédito.

Para Basil se trataba ya de un rumor lejano. La moto subió la rampa de salida como arrastrándole. Al llegar al patio principal de la factoría, escuchó las voces de los operarios, que lo vitoreaban por la espectacular maniobra realizada. Había salido literalmente disparado del subterráneo para caer en el núcleo del campo de cemento.

Basil dejó caer la luna del casco para protegerse los ojos, alzó el brazo para despedirse mientra los trabajadores de la factoría formaban un pasillo humano que le señalaba, en línea recta, el camino hacia la puerta principal del recinto.

Ante la euforia de sus compañeros, aceleró. En pocos segundos estuvo fuera, a salvo, sintiéndose acompañado por el entusiasmo de la masa, que impedía el paso a los vehículos de la autoridad.

A continuación, precedido por la luz expansiva del faro, se zambulló en la noche. Y esta vez, desgarrando las tinieblas, en verdad se creyó libre y poderoso como un príncipe.

27

Dio varias vueltas por diversos distritos de la ciudad para borrar su rastro. Tenía un aspecto llamativo, enfundado en el largo impermeable y cubierto por el casco. Contrastaba con el de los motoristas que cumplían tareas de mensajeros y con el de los simples aficionados, vestidos con ropas más prácticas y cómodas para conducir.

El temor a ser localizado determinó que evitase pasar por los barrios céntricos y otras zonas populosas. Orientó su marcha hacia la periferia, temiendo que la policía reaccionara rápidamente y estableciese controles. Basil estaba acostumbrado a eludir aquellas medidas, pues muchos de sus entrenamientos los realizaba en pleno campo. Como motorista se había curtido en las pruebas más arriesgadas y difíciles.

No forzó la máquina. Sin embargo, dos sensaciones contrapuestas lo sorprendieron al aproximarse al refugio: creía que había pasado poco tiempo desde su fuga del subterráneo y notaba alivio pensando que iba a reunirse con Samantha. En realidad había invertido varias horas dando vueltas, pero en ningún momento quiso mirar el reloj. Y su amiga, aunque pretendiera disimularlo, estaba impaciente.

Aquella entereza enterneció a Basil. No obstante, consideró preferible no hablar del encuentro con la policía.

Había un dejo de reproche en las preguntas que Samantha le formuló.

—¿Todo fue bien? —inquirió cruzando los brazos sobre el pecho—. ¿Se ha divertido mucho mi chico, vagando por ahí como un solitario?

—Sí —bromeó Brasil—. Creo que me he divertido.

—Quieres decir que te has divertido más que si yo te hubiera acompañado, ¿no? —recriminó Samantha—. Porque es eso lo que quieres decir, ¿verdad?

—No, no, Samy. En eso te equivocas. Necesitaba comprobar si la máquina funcionaba como es debido.

—Bueno, dejemos el tema. Lo importante es que has vuelto.

Menos mal, pensó Basil. Temía los arranques de mal humor de su amiga, aunque ya no quedaran platos que romper.

—Te había prometido un obsequio, Samy —dijo Basil—. ¿Creías que lo había olvidado? Fui de compras.

Le entregó una caja esmeradamente envuelta en papel, que ceñía un lazo violeta. Basil se lo dio sonriendo. No era verdad que hubiera ido a comprarlo. Había adquirido el obsequio antes de dirigirse a la factoría.

—¡Oh, Basil, no tenías por qué hacerlo! Es muy, muy hermoso.

De la caja, Samantha extrajo un suave pañuelo de color rojo fuego y un broche de plata, con la figura de un águila.

—¿Te gustan?

—Me encantan —la muchacha volvió a sonreír—. ¿Quieres que me los ponga, *Silencioso?*

—Como quieras. Ya es hora de que jubiles el pañuelo que llevas.

—Tienes razón, el pobre está en las últimas. Voy a verme al espejo.

Ella fue hasta el lavabo. Allí se entretuvo durante treinta minutos.

Como era de suponer, no sólo realizó diversas combinaciones para descubrir la forma en que la prenda luciría mejor en torno a su cuello y el lugar donde debía engancharse el broche. Samantha aprovechó para cepillarse la cabellera, maquillarse el rostro con una ligera capa de carmín brillante y precisar los contornos negros de sus grandes ojos.

No obstante, tras la meticulosidad con que efectuó la operación fue ella la sorprendida. Basil había empleado ese lapso de tiempo en probarse su nuevo equipo. Llevaba el mono de cuero abierto hasta la cintura, pero las botas le proporcionaban más altura.

Con aquella indumentaria destacaba la corpulencia que Basil prefería camuflar cuando vestía ropas corrientes.

—¡Guau, Basil! —exclamó Samantha—. ¿Pero de verdad que eres tú? Das miedo.

El giró con parsimonia. En la mano sostenía la cadena, que enrolló a lo largo de su antebrazo. La mitad de la cara surgía cubierta por unas gafas de aviador. Bajo el cuero emergía el cráneo vendado de Eddie, la mascota de los *Iron Maiden*. Las botas emitieron un tintineo de espuelas imaginarias cuando Basil se acercó a la joven.

Dio un gruñido agitando los brazos como lo habría hecho una criatura monstruosa igual a la del doctor Frankenstein. A Samantha se le escapó un gritito.

—¡Qué guapa estás, Samy! —dijo él imitando una voz de ultratumba—. ¡Voy a comerte!

—No me asustes, Basil. ¡Estás horrible!

Con grandes risotadas, él se desprendió de las gafas de aviador.

—¿Te he asustado?

—No seas tonto —Samantha frunció el ceño—. ¿Es que te vas a la guerra?

—Si quieres decirlo así. Voy a rescatar a Edu. Saldremos, en cuanto haya preparado los cohetes.

A Samantha le sorprendió la naturalidad con que hablaba su amigo, muy aplicado al asegurar diversas bolsas en puntos resguardados de la moto.

—¿Sabes dónde se encuentra Edu? No me habías dicho nada.

Basil se encogió de hombros, en cuclillas ante el lateral derecho de la máquina.

—Conozco el modo de averiguarlo.

—No me digas.

—¿Alguna vez has jugado al mazo?

—No, nunca.

—No me extraña. Es un juego de bárbaros —Basil se limpiaba los dedos estrujando un trapo—. Si superas la prueba inicial, el juego puede prolongarse varias jornadas, siempre y cuando no haya adversarios. De lo contrario, el tiempo de juego llegaría a ser infinito, o casi. Es como la guerra. Se prolonga mientras hay un enemigo.

—¿Y quieres jugar a eso?

—*Tenemos* que jugar a eso, que no es lo mismo —dijo Basil—, si queremos liberar a Edu. Vamos a jugar. Y ganaremos, Samy. Te lo garantizo. Además, la diosa fortuna nos favorece.

Samantha torció el gesto de la boca, incrédula.

—¿Por qué lo sabes?

—Porque en la ciudad sólo hay un local donde se practica ese juego. Y yo sé dónde está —murmuró Basil con expresión de desafío—. ¿Te atreves a venir conmigo?

28

Ella se atrevía.

Por su parte, Basil no fue muy explícito. Se comprometió a señalar el camino hasta el campo de mazo, guiándola desde la moto. Cuando se hallaran sobre el terreno, discutirían el próximo paso.

Samantha consideró prudente la decisión de Basil, metamorfoseado en un aguerrido piloto de pruebas. Ella, al menos en este caso, admitía que la orientasen. Ni siquiera conocía la existencia del juego y por las palabras de su amigo tampoco se formaba una imagen precisa del mismo. Lamentaba que hubieran de marchar en vehículos separados; le habría gustado viajar sujeta a la cintura de Basil. Lo había visto conducir con destreza aquella máquina. Pensó que se lo pediría más adelante.

No tardaron mucho tiempo en llegar a su destino. Lo que Basil había llamado *campo de mazo* era en realidad un estadio de aspecto ruinoso, en cuya fachada no relucía ningún rótulo. Alrededor no se distinguían automóviles. La áreas de aparcamientos, deshabitadas, subrayaban la desolación del edificio del suburbio, en la frontera Este de la ciudad.

Del complejo emanaba un regusto sombrío, decepcionante, abrumador.

Basil detuvo la moto en lo alto de una cuesta. Desde allí examinarían la situación. Empujando el protector visual del casco, hizo un gesto a la muchacha para que dispusiera el vehículo junto al suyo.

—¿Todo bien? —pregunto él—. ¿Miedo?

—Este sitio es horrible. Me están temblando las piernas.

—Tenemos que acercarnos, y sin hacer ruido.

Con estas palabras Basil daba a entender que irían a pie hasta el acceso del campo. No esperó que ella se mostrara de acuerdo y Samantha hubo de seguirlo unos metros en la oscuridad. En silencio, tomó la mano de su compañero y notó la aspereza de sus guantes de cuero, gruesos como manoplas.

El se había descubierto la cabeza. Sonrió al sentir que Samantha se hallaba a su lado.

Avanzaron por un terreno de arena pegajosa y sucia. Más adelante, sortearon cuadrados donde se amontonaban los escombros. El edificio creció poco a poco ante su vista, como si estuviera dotado de una existencia secreta. Samantha pensó en osos y en dragones. El estadio le recordaba el largo sueño de aquellos animales que sólo conocía por las láminas de los libros, y tembló al recordar la cólera de los durmientes cuando renunciaban al reposo y abandonaban sus cuevas.

El estadio era como una de esas cuevas, sólo que infinitamente mayor.

Un viento caliente transportó hasta donde se encontraban voces aún débiles e indefinidas. A los pocos metros, las palabras se mezclaban con estampidos y el batir de centenares de tambores.

Al cabo de un rato, cuando llegaban a la entrada

del campo, se precisó cada uno de los ruidos que formaban el ensordecedor estruendo.

—¡Pero esto no es un deporte! —se sobresaltó la joven cuando contempló lo que ocurría en el interior.

—Te dije que era como la guerra. Y no grites.

Basil no se había equivocado. Dentro del campo, todo sugería la influencia de un impulso maligno. Las gradas vacías descendían inútilmente hasta un círculo de arena, iluminado por antorchas. En el ruedo brillaba el sudor en los cuerpos de los que combatían. Ataviados como gladiadores, y empleando armas antiguas, los hombres se atacaban con increíble brutalidad, envueltos por sus gritos de fe y de dolor y la turbia letanía de los tambores.

Samantha se estremeció. Tras el choque de los guerreros, la sangre caía sobre la arena. Se enfrentaban en grupos de cinco hombres. Ninguno de los componentes cejaba en su empeño de derribar a sus contrarios. Cuando sólo restaba un superviviente en el círculo, se hacía el silencio.

—Mira, es Jalisco *el Salchicha* —dijo Basil.

—No quiero ver más. Es horrible.

—Creo que el juego se acabó.

Pero Basil se equivocaba. Jalisco saludaba a los jueces de la lucha alzando una maza de gran tamaño. Los jueces, que se protegían del aire con largas capas grises, le devolvieron el saludo. El que ocupaba la zona central del palco le mostró una carta en tanto los otros miembros del tribunal seguían aplaudiendo al vencedor.

—¡El Cinco de Espadas! —gruñó *el Salchicha,* contrariado y molesto—. ¡Pero si ya lo derribé ayer!

—No te quejes. El juego de mazo es así —dijo uno de los jueces—. Tienes que aceptar las reglas o no volver jamás. Has demostrado ser el mejor... hasta ahora. El Cinco de Espadas es un gran luchador. Cayó ayer, pero se ha recuperado y tiene el derecho y el deber de combatir nuevamente.

—¡No es justo! —protestó Jalisco, pataleando—. Ya lo derribé ayer, ya lo derribé ayer.

Dejó caer la maza al suelo.

Un clamor de disgusto se extendió por el palco.

—¡Has dejado caer el arma sobre la arena! —dijo el juez más anciano—. Eso te obliga a elegir otra carta.

—Ya lo derribé ayer, ya lo derribé ayer —insistía rabioso el jugador.

Dos jueces descendieron al ruedo portando una extraña bandeja dorada y rectangular que tal vez fuera un escudo. Sobre la superficie había una baraja nueva.

Los jueces ofrecieron la bandeja al luchador. Resignado, Jalisco tardó en moverse hacia los árbitros de la lucha. Daba la impresión de haber agotado sus fuerzas en los combates anteriores. Temía la derrota, eso resultaba claro.

Remoloneando, eligió una carta, después de fraccionar la baraja en varios montoncitos.

—¡El Tres de Oros! —proclamó en voz alta uno de los jueces.

—¡El Tres de Oros! —repitió su compañero, asintiendo.

Con la cabeza baja, Jalisco parecía añorar su maza. Murmuró:

—Bueno, sí, el Tres de Oros, ya lo hemos oído.

Uno de los dos jueces le ofreció las armas que se correspondían con lo decidido por los naipes: tres discos dentados de oro. Eran instrumentos mortíferos, pero requerían gran habilidad de quien los emplease. Basil consideraba que no era Jalisco el luchador adecuado.

Hizo un gesto a Samantha, pero ella no replicó. Tal vez lo hubiera visto o se sintiera atraída por el truculento desarrollo del espectáculo. Basil consideró que había llegado el momento y, cuidadoso, desapareció en la oscuridad, fuera del estadio.

29

El guerrero que saltó al ruedo, el hombre al que llamaban Cinco de Espadas, medía más de dos metros de alto. Su actitud era, sin lugar a dudas, amenazadora.

Se internó en el redondel adelantando los hombros. Subrayaba así su ferocidad, acompañada de muecas que sacudían su barba negra.

A primera vista, no resultaba extraño que Jalisco protestase por la decisión de los jueces, cuando se consideraba ya indiscutido triunfador del torneo.

Cinco de Espadas daba pasos cortos sobre la arena, dirigiéndose de frente hacia el desmoralizado y disconforme Jalisco, que no parecía muy convencido de la eficacia de los discos dentados. Cinco de Espadas llevaba una coraza de cuero rígido, en la cabeza lucía un vendaje laberíntico, manchado de sangre, y desplazaba consigo dos largos y gruesos mandobles, sujetos al torso. Tres dagas bailaban alrededor de su cintura. Protegían sus pies sandalias atadas a las piernas, musculosas y morenas.

Bajo los vendajes, el guerrero tenía la barba, de color negro brillante, caótica y abundosa. La nariz era pequeña e irregular. En conjunto, el rostro semejaba la testa de un león enfurecido, dispuesto al salto.

Aunque Cinco de Espadas avanzaba muy despacio, sin titubear, Jalisco *el Salchicha,* el Tres de Oros, abandonó el centro del ruedo, buscando una posición favorable. Inclinó medio cuerpo, culebreando, como si le costara ver a su oponente. Resultaba imposible ignorar aquí la mole tostada por el sol, erizada de aceros y guarnecida por músculos duros, rotundos.

Como un boxeador que se entrena haciendo puños con su sombra, Jalisco dio algunos saltitos cambiando nuevamente de posición. No se estaba quieto. Sin embargo, fuera donde fuese, parecía tropezar en el camino de Cinco de Espadas, que se mantenía a distancia prudencial.

Aprovechando esa separación, Jalisco se dedicó a corretear en torno a su adversario. Había pensado que de esa forma confundiría a Cinco de Espadas. Pese a la rapidez de Jalisco, el guerrero de la barba negra no se inmutó.

Calmosamente, el guerrero desenvainó una de sus espadas, breves como dagas. De súbito dejó de caminar. Tampoco movió un músculo mientras Jalisco seguía moviendo las piernas y aullando, a la búsqueda del punto débil de su enemigo.

La situación se había tornado grotesca. En el palco presidencial, los jueces no creían lo que estaban viendo. No obstante se mostraban muy interesados. Los jueces situados en las localidades más retrasadas empujaban ansiosamente a los que ocupaban las primeras filas.

En ese instante Cinco de Espadas lanzó su arma. El acero silbó hasta alcanzar el muslo derecho de Jalisco, que tardó en advertir el corte. Tenía los músculos calientes.

Al darse cuenta de la herida, Jalisco gritó con más fuerza. Redujo su carrera y envió contra el guerrero barbado uno de los discos. Lo cegaba la ira.

La rueda dentada siguió una trayectoria curva, de abajo hacia arriba, ruidosa como el aleteo de una bandada de palomas. Había sido un tiro bajo, hecho sin cálculo, de imprevisible efecto. Cinco de Espadas, sin mover los pies, giró para evitar aquellas mandíbulas duras y mortales, que dejaban una estela atomizada entre el polvo.

Fueron segundos desesperantes.

El disco sólo rozó la coraza del guerrero, aunque segara de cuajo el correaje que sujetaba uno de los mandobles. Aquella gran espada cayó al suelo, para divertimento de los jueces, de Jalisco y de Samantha. Podía considerarse un golpe espectacular, pero Jalisco insistió. Dando un grito envió el segundo disco contra Cinco de Espadas. Sin resultados.

Samantha temía que Basil la hubiera dejado sola, pero no quiso preocuparse. Pensó que si Jalisco sucumbía frente al guerrero de la barba negra, sería muy difícil rescatar a Eduardo, si no imposible, y se interrogaba por la personalidad del ganador. ¿Sería el Cinco de Espadas o el Tres de Oros? La duda mantenía su atención pendiente de las incidencias del combate, aunque le repugnaba. Tranquilizó su conciencia diciéndose que Basil estaría cerca. Oculto, pero cerca, aunque ella no escuchase ya su respiración.

En el campo de arena, Jalisco se había detenido. Miraba su pierna, que estaba sangrando en abundancia. Gritó enfurecido.

Impasible, el guerrero de negra barba reanudó su camino. Había desenfundado otra de sus dagas. Ante aquel movimiento, Jalisco retrocedió atemorizado. El sudor bañaba su cuerpo, transformándolo en una estatua brillante.

Cinco de Espadas no se entretuvo en esta ocasión. Impulsó con mucha fuerza el viaje del arma, que nadie llegó a ver. Sólo el chillido de Jalisco hizo que los asistentes, pendientes del luchador barbado, volvieran la vista. La espada corta había alcanzado a Jalisco en la oreja. El corte era superficial.

El guerrero de las espadas dio pasos más rápidos en tanto Jalisco se llevaba la mano al lado derecho de la cara y caía de rodillas.

—No puedes rendirte, Jalisco —tronó el juez desde el palco, subyugado por el cariz que habían tomado los acontecimientos—. Recuerda las reglas del mazo —y a continuación añadió, volviéndose a sus acompañantes en la tribuna—: ¡Y los de atrás, ya está bien, dejen de empujar de esa forma que voy a caerme!

El interpelado inclinó la cabeza, como indicando que no había oído una palabra. Jalisco se hallaba en un estado lamentable. Y sólo disponía de una posibilidad: un último lanzamiento. Herido, sucio, sudoroso, a merced de su contrario, sólo le hacía falta echarse a llorar para inspirar una lástima definitiva. Pero en el estadio nadie parecía sentir compasión, ni por asomo. Hasta cierto punto esto resultaba lógico, pues Jalisco tampoco había tratado con miramiento alguno a sus oponentes anteriores.

De pronto, Jalisco brincó hacia el frente lanzando la última de las tres ruedas dentadas que le había concedido el azar.

El disco pasó por encima de la cabeza vendada de su enemigo y fue a clavarse contra el palco de presidencia. Al escuchar el choque de la hoja dorada contra la madera de la tribuna, todos los jueces se echaron al suelo.

Cinco de Espadas sonrió.

La derrota de Jalisco *el Salchicha* era indiscutible.

El guerrero de barba negra reanudó su parsimoniosa marcha, desenfundando el mandoble, para concluir su tarea.

Los jueces, atemorizados aún, asomaron las cabezas por encima del palco. Al pánico de los rostros se sumaba la ansiedad enfermiza de quienes se recrean en el último acto sangriento de una tragedia clásica.

30

Pero Cinco de Espadas detuvo sus pasos una vez más. Desconfiaba.

Alzó el mandoble. Frunció el entrecejo.

A continuación, con impresionantes carcajadas, se echó a reír. Reparó en Jalisco con el estupor con que una jirafa descubre una hormiga.

—Toma —dijo—. Para que veas que soy generoso y no te tengo ningún miedo, te concedo una última oportunidad.

Con nuevas risotadas, lanzó su tercera daga hacia Jalisco. El filo se clavó junto a la rodilla del derrotado.

—Vamos, tómalo —dijo Cinco de Espadas extendiendo su mandoble.

Desde donde se encontraba, podía rozar con la punta del mandoble el cuello de Jalisco. La desigualdad era patente. La sonrisa del gigante se había diluido bajo la barba.

En efecto, el guerrero se enfrentaba a una hormiga. Jalisco se desmayó.

Los aplausos de los jueces coincidieron con una sucesión de explosiones y la entrada de Basil, montado en su moto, en el ruedo. Sobre su casco bailoteaba una gruesa cadena, que él lograba controlar con una mano, de modo semejante a como los vaqueros del Far West manejaban el lazo.

Ardía la tribuna de los jueces. Los cohetes seguían reventando, difundiendo una humareda multicolor. La desbandada de los árbitros era completa.

Cinco de Espadas contempló el revuelo, fijó los pies sobre la arena. Sujetó el mandoble con ambas manos, en actitud belicosa. Por su expresión, era evidente que no entendía nada.

—¡Márchate! —ordenó Basil—. Sólo quiero llevarme a Jalisco. Tú eres el vencedor del juego.

—¿Marcharme yo? —gritó el guerrero—. No voy a marcharme. Tengo derecho a hacer con Jalisco lo que me venga en gana. Lo vencí, me lo llevaré prisionero y así continuará, a mi merced, hasta que resuelva cómo matarlo.

—Muy bien —contestó Basil. El ruido le hacía recordar *And Justice for All,* de *Metallica*—. Será peor para ti.

El joven no perdió el tiempo. Aceleró embistiendo con la máquina de costado. Las ruedas levantaban surtidores de arena. Cinco de Espadas gritó de terror y se retiró echándose al suelo.

Pese a la caída, se rehizo inmediatamente. Corrió hacia el mandoble y lo tomó por la empuñadura.

Intentó alzar su larga espada. Miró con fiereza al motorista, al que distinguió frente a él, y gritó encolerizado.

Dejó de gritar al darse cuenta de la situación. No podía levantar el mandoble. La cadena que Basil esgrimía había enganchado su muñeca y le unía a la moto. Con parsimonia, Basil se distanciaba tensando la línea de sólidos eslabones.

La cadena se cerró en seguida sobre el antebrazo

de Cinco de Espadas, inmisericorde como la boca de una fiera, y arrastró el corpachón por el campo de la lucha. Basil se divirtió dando algunas vueltas por el ruedo de la arena. Oía chillar de dolor a Cinco de Espadas, que ya había soltado el mandoble y rebotaba como una peonza.

Basil se aseguró de mantener la tensión de la cadena mediante una baja velocidad. De no haber procedido así, hubiera arrancado el brazo del guerrero, y no era ésta su intención.

Frenó en seco la máquina y el cuerpo de Cinco de Espadas rodó, imparable, hasta uno de los burladeros de madera, que derrumbó en el choque. Acto seguido, Basil giró la moto hacia el luchador, inconsciente entre una masa de tablas rotas, y lo liberó de la cadena.

«Tal vez la necesite para luchar contra Jalisco», pensó.

Seguidamente se desplazó hasta el centro del redondel, donde había caído desmayado el hombre de Marty. Basil oyó a su espalda el derrumbamiento de la tribuna de los jueces.

Entre la humareda que se había expandido por el campo de lucha, no vio a Jalisco, sino a Samantha. Ella estaba empuñando una maza en la mano derecha. Esperaba a Basil imitando la postura arquetípica del cazador que va a fotografiarse situando la bota encima de la pieza cobrada. Salvo el salacot, parecía una consumada cazadora, aunque Jalisco no tuviera precisamente aspecto de tigre.

—Quería escaparse y no lo he dejado —explicó la muchacha, que tenía el pie sobre el pecho del matón—. No le di demasiado fuerte, descuida. Dentro de un rato querrá hablar por los codos, puedes apostar por ello.

31

Tampoco en esto erró Samantha. Tan pronto volvió en sí, el sicario hizo una confesión completa. Reconoció a Basil en seguida y, al descubrirse prisionero de los dos jóvenes, con las manos y los pies atados, balbució con asombro:

—¿Cómo me libré?

Resultaba una reacción comprensible. Jalisco no se había repuesto aún de su experiencia como luchador que ha de ostentar y defender el Tres de Oros. Psicológicamente, se había desmoronado. No sólo lo había vencido el guerrero de las espadas, sino una pareja de muchachos. Aunque Basil, antes de iniciarse el interrogatorio, precisó:

—Yo sólo te libré del gigante de las barbas —y señaló a su amiga—. Fue ella quien te derribó cuando pretendías salir de puntillas del estadio.

—¿Ella?

—Exacto.

—Guardo la maza —dijo Samantha con algo parecido a coquetería—, por si vuelves a intentarlo.

—¡Oh, no! —lloriqueó el guardaespaldas—. Nunca podré volver a una partida de mazo. No me dejarán. Y tampoco podré ganarme la vida como antes. En cuanto corra la noticia y se sepa que fui vencido por una chica, me convertiré en el hazmerreír de la profesión.

—Entonces, habla —dijo Basil—. No te vendrá mal un cambio de empleo.

El guardaespaldas habló al fin. No existía otra posibilidad para él, y no ahorró detalles al revelar el paradero de Eduardo, a quien no había forma de convencer para que colaborase con su magia en los ambiciosos proyectos de Marty. Se había negado en redondo a oír hablar de dinero. Ni los argumentos razonables, ni las ofertas millonarias, ni las amenazas doblegaron el ánimo del joven.

—¿Fue por eso por lo que pensasteis en capturarme a mí? —preguntó Basil, sombrío.

—Así es. Y pensamos también en secuestrar a la jefe de tu oficina, dado que no había forma de encontrarte. El asunto se complicó demasiado, pero teníamos que agotar todas las posibilidades.

Cansado, Basil no hizo comentario alguno. Se golpeaba los puños, pensativo. Tomó del brazo a Jalisco y lo llevó hasta el taxi. Miró a Samantha y esperó que ella aferrase el volante para entrar en la parte posterior del vehículo.

—¿Vas a rescatar a Edu? —preguntó ella.

—No. Esa tarea debe realizarla la policía —dijo Basil—. Hemos de entregar este paquete en seguida. Nosotros no podemos contra todos ellos.

—¡Eh! —se revolvió Jalisco—. ¿No se os habrá pasado por la cabeza traicionarme de esa forma? Yo os he dicho lo que queríais, ¿no? No tengo nada que hablar con la policía.

—Entonces cállate —cortó Basil secamente. Recordaba la paliza que Jalisco y su compañero le habían propinado días antes y debía hacer un esfuerzo para contenerse.

—¿Estás seguro, *Silencioso?* —insistió Samantha—. ¿A la policía? Es tan aburrido ese Funes. No me parece buena idea.

—Se apuntará el tanto, pero nos dejará en paz. Y con sus hombres, rescatará sin riesgo a Eduardo. Es lo mejor.

El taxi estacionó frente a la comisaría unos minutos después.

32

El inspector sonreía al recibirlos en la puerta de su despacho. Para Basil fue una sorpresa que el agente se mostrara tan cordial al ofrecerles asiento. Aquella conducta no guardaba relación alguna con los recelos palpables de entrevistas anteriores y, menos aún, con la irritabilidad que el policía evidenció en el aparcamiento de la fábrica.

Ahora, risueño y hospitalario, Funes desmentía su carácter frío y metódico.

—¿He de presentarles? —preguntó el policía, una vez que Samantha y Basil avanzaron hasta el centro del despacho.

Junto al escritorio de Funes, sentado, sosteniendo una taza de té con sus largos dedos, las piernas cruzadas bajo el caftán rojo, se hallaba Eduardo. Parecía descansado y tranquilo.

La impresión inmovilizó a Samantha y a Basil. Jalisco, cabizbajo y maniatado, silbó. El inspector sonrió entre dientes.

—¿Cuánto tiempo llevas libre? —Basil habló de un modo maquinal, apretando los puños.

—Aproximadamente, unas tres horas —la voz de

Eduardo se había aflautado. Tardabais tanto en venir a liberarme de las garras de Marty, que decidí obrar por mi cuenta.

—Será mejor —resopló Samantha—, será mejor que no des opiniones, Edu. Hemos pasado unos días muy difíciles, y no ha sido precisamente para soportar tus impertinencias.

Eduardo parecía advertir por vez primera que Samantha se encontraba en el despacho.

—Pero si es mi amiga Samy, la dulce Samy —desdobló las piernas y se incorporó rápidamente. La muchacha detuvo su impulso afectuoso apoyando un afilado dedo índice contra el pecho de Eduardo—. Es una verdadera alegría, ¿no crees? Otra vez los tres juntos, como en el instituto —contempló durante unos segundos el rostro de Samantha y enseguida meneó, melancólico, la cabeza—. No, la verdad es que no te alegras en absoluto.

Tomaron asiento en torno al escritorio del inspector. Basil localizó, a la izquierda, el espejo de plata y el busto de Buda sustraídos del estudio de Eduardo. Se hallaban depositados en una mesita baja de cristal.

—Por lo que veo, has recuperado tus tesoros.

—Pues sí —admitió—. Y lo he hecho yo solito. No me negarás que tiene mucho mérito.

—Bueno —dijo Funes—. Ahora el caso se ha resuelto. De todas formas, Eduardo deberá pasar aquí algunas horas, haciendo una declaración. Si lo desean, pueden irse. Gracias por atrapar a Jalisco: es un sujeto tan bobalicón como peligroso.

Samantha no parecía conforme.

—Señor inspector, quisiera que nos dijera lo que ha pasado —puntualizó la joven—. Yo sigo sin entender nada. Sobre todo, no comprendo cómo Eduardo ha podido escaparse.

—Bueno..., no es fácil —el policía parecía en verdad apurado—. No, la verdad es que no resulta sencillo dar una explicación.

—¿Cómo dice?

Basil guardaba silencio. Parecía haberse distanciado de la escena. Le había decepcionado la soberbia de su amigo. Había hecho todo lo posible para descubrir su paradero y en el fin del camino tropezaba con una ofensa. Una nueva ofensa que alcanzaba también a Samantha. Los recriminaban por no haber sido lo suficientemente rápidos... Sólo Eduardo podía tener una ocurrencia semejante.

—No se impaciente, señorita —dijo Funes—. Cuento con Eduardo para que su curiosidad quede satisfecha. Llevo muchos años en la policía y nunca había visto nada igual. Hace unas horas me costaba aceptar que no estaba soñando.

—No te impacientes, Samy —Eduardo intentó tomar la mano de su amiga. Samantha apartó el brazo, despectiva. Estaba en verdad molesta.

—¿Cómo pudiste salir? —insistió—. ¿Y por qué esperaste tanto si podías hacerlo *tú solito?* No abandonaré esta comisaría sin averiguarlo, inspector. ¿No es así, Basil?

Nerviosa, la joven se volvió hacia su amigo en busca de apoyo.

—Eh, claro, claro que sí, Samy, lo que tú digas.

A Basil le impresionó la postura de la muchacha. Él seguía ensimismado contemplando los objetos que poblaban la mesita de cristal. La pregunta de Samantha le devolvió al presente.

Se fijó en el escritorio de Funes, limpio, a excepción de una bandeja de documentos, un pisapapeles de hierro y un bote de plástico que contenía numerosos lápices, estilográficas y bolígrafos.

Le pareció que sobre el espejo de plata había visto flotar una nube brillante, como el calor que se eleva de una carretera en el desierto, lineal e interminable.

Estaba agotado, se dijo, y tenía visiones.

Se arrellanó en la butaca, dispuesto a escuchar lo que Eduardo pretendía decir.

33

Chasqueando los dedos, Funes pidió silencio a los reunidos.

—Señorita, he de decirle algo que la sorprenderá: su amigo Eduardo es un mago.

Samantha frunció el ceño. En torno a sus labios se dibujó una mueca burlona de incredulidad. A continuación tragó saliva dificultosamente, adelantando la cabeza hacia el policía, la mirada neutra.

—Me está usted tomando el pelo, ¿verdad, inspector?

—De ningun modo —dijo Funes—. Al principio, yo también me resistí a creerlo.

—Me subestimas, Samy —protestó Eduardo con expresión ausente—. Y pensar que fuimos tan buenos amigos...

En ese momento, Basil intervino.

—Creo, Edu, que ya va siendo hora de que expliques lo que te ha sucedido.

—Haré algo más que eso, Basil —dijo Eduardo adoptando un aire enigmático—, si Samy no me interrumpe.

—Pues hágalo pronto —apremió Funes—. Todavía debe hacer usted su declaración oficial, y eso le llevará mucho tiempo.

—Está bien, inspector.

—¡Bah! —murmuró Samantha, sonriendo hacia Basil—. Será otra de sus chanzas.

Basil cruzó un dedo sobre los labios para rogarle que permaneciera callada y atenta. Eduardo se había puesto en pie y cruzaba el despacho dando amplias zancadas.

—Reitero que me subestimas, Samy querida —dijo Eduardo encorvando la espalda hacia adelante, en la actitud que se supone mantienen los sabios cuando se concentran—. Yo no había olvidado los idealismos de la juventud, aquellos proyectos que alimentamos en el instituto cuando estábamos ansiosos por encontrar territorios vírgenes y llenos de luz. Por eso me convertí en un viajero y después, fruto de profundos estudios de alquimia y ciencias físicas, en un mago...

Repentinamente interrumpió su discurso y levantó la cabeza. En sus ojos brujuleaba un raro fulgor.

—Fueron tantos mis descubrimientos que, ya de regreso, me entusiasmó la posibilidad de convencer a Basil para recobrar nuestras antiguas ilusiones. Yo me sentía como el explorador que abre caminos y rutas desconocidas en los mapas de los geógrafos. Por lo que a mí se refería, mis relaciones con Marty y sus amigos se habían acabado desde el momento en que descubrí la clase de negocios en que estaba envuelto y la forma en que me había utilizado y engañado. Creí que Marty respetaría mi forma de pensar, eso es todo —suspiró—. Me equivoqué.

—Pobrecito Edu, un chico tan listo —comentó irónica Samantha— y lo engañan unos vulgares malhechores.

Eduardo asintió.

—Así es aunque no me creas —replicó con aire ausente—. Para cuando quise darme cuenta de las verdaderas intenciones de Marty, ya era demasiado tarde. Yo había hablado francamente con Marty, le había explicado mis investigaciones. Deseaba compartir mis hallazgos, profundizar en esos conocimientos. Le hablé de algunas de mis recién estrenadas cualidades —prosiguió Eduardo—. Entre ellas, la capacidad para construir autómatas de gran precisión, como mi propio gato *Rasputín*. Expliqué también, con evidente imprudencia por mi parte, mis saberes sobre las distintas aplicaciones de hierbas medicinales y, entre otras facultades extraordinarias, lo más importante de todo..., mi facultad para aparecer y desaparecer, gracias a la magia de mi espejo de plata y el Buda de bronce. Podía explorar lo desconocido, como siempre había soñado. ¿Lo comprendéis ahora?

—No —dijo Samantha.

—¿Quieres decir que dispones de la facultad de aparecer y desaparecer? —preguntó Basil—. ¿Y puedes controlar a tu capricho ese poder?

—Exacto. Y no sólo eso —Eduardo meneaba, excitado, la cabeza.

—Eso significa que...

—Significa que conocemos a un mago de impensable poder —señaló el inspector Funes haciendo rodar un pisapapeles de hierro sobre la superficie del escritorio—. Y, aunque estemos acostumbrados a aceptar las brillantes argumentaciones de la Ciencia, tendremos que admitir que estamos ante un ser que ahora permanece aquí pero que, si lo desea, dentro de unos minutos puede encontrarse en otra ciudad, en otro país o simplemente en otra habitación de esta comisaría.

—¿Qué dice? —se extrañó Basil—. Parece increíble.

—He llegado a admitir —prosiguió Funes— que si Eduardo está aquí es por pura generosidad. Con la ayuda de esos objetos mágicos hubiera podido huir, desplazarse por el espacio según su antojo y sin que nadie pudiera controlarlo. De no ser por su ayuda, no habríamos podido capturar a Marty y sus secuaces, y puedo asegurar que llevábamos muchos años detrás de esos delincuentes.

—Entonces —dijo Samantha, dirigiéndose a Eduardo—, ¿qué necesidad tenías de mantenernos a todos en vilo, preocupados y arriesgando nuestras vidas para rescatarte de esos gánsteres, si tú solo podías librarte de ellos?

—Todo ocurrió demasiado de prisa. Yo iba a hacerle una demostración a Basil cuando aparecieron los matones de Marty. Luego, consideré conveniente dejar pasar un tiempo. Después de oír la grabación de *Rasputín*, Basil estaría dispuesto a creerme. Además, pensé que él o la policía me encontrarían en un breve lapso de tiempo, pero me cansé de esperar y tuve que recurrir a mis objetos mágicos para llegar aquí. Hablé con el inspector y la maquinaria legal se puso en marcha.

—La redada aún no ha concluido —dijo el inspector—. Gracias a Eduardo sabemos que Marty se había propuesto saquear los principales bancos de la ciudad. Tenía muchas deudas con sus proveedores y había resuelto que de un modo u otro, por la fuerza o empleando la magia, se apoderaría del dinero que necesitaba para mantener sus negocios. Contamos con numerosas pruebas y confío en que Marty, si sabe lo que le conviene, confiese.

—¡Y todo gracias a mí! —añadió Eduardo señalándose a sí mismo—. Sí, sí, ¡a mí!

—Ya está bien, Edu —dijo Samantha con fastidio—. ¿No querrías desaparecer un ratito?

—No es mala idea, Edu. Piénsalo —comentó Basil abandonando su actitud reservada—. Ahora tienes oportunidad de llevar a cabo la demostración de la que has hablado tantas veces.

—¿No le importa, inspector?

El policía negó en silencio. Percibía la ansiedad del mago por hacer gala de sus extraordinarias facultades y no quería granjearse un enemigo tan escurridizo como vanidoso. ¿De qué forma habría podido enfrentarse la policía contra un genio como el legendario Merlín? ¿De qué medios podría valerse la policía contra un hombre como Eduardo, si éste hubiera decidido emplear su magia para saquear bancos? Funes ignoraba las respuestas; pero, como un profesional experto de la investigación, no eludía los interrogantes.

Era el primer caso en su carrera en que carecía de respuestas lógicas. Eso le hacía sentirse un poco celoso del mago, además de confuso, como en el centro de una broma.

34

Para sorpresa de todos los reunidos, Eduardo se había arrodillado frente al espejo de plata y el Buda de bronce, en la actitud de quien se dispone a rezar.

Durante unos segundos sólo se percibía en el despacho el rumor de sus labios. Eduardo sacudía la cabeza hacia adelante rozando las manos con la frente. Parecía dormido. A continuación, la inmovilidad fue absoluta.

El rostro y las manos de Eduardo aparecían rígidos y extremadamente pálidos. Samantha se alarmó. Tocó el codo de Basil, a modo de consulta, y se tranquilizó cuando su compañero le devolvió un guiño cariñoso y desenfadado.

Sonó entonces la voz de Eduardo, severa y estridente.

—Si os dedicáis a tontear no puedo concentrarme.

—Bueno, no te pongas así. Samantha estaba preocupada por ti —dijo Basil, que había tomado la mano de la joven.

El mago no respondió. Hundió las manos dentro del caftán y extrajo una pequeña vela y una caja de fósforos. Prendió una cerilla, postrado aún, y volvió a repetir completo el rito. Depositó la vela encendida delante del Buda de bronce.

La piel de Eduardo se aclaró con mayor rapidez e intensidad que en la ocasión anterior. Esta vez cayó en seguida en el éxtasis. Tembloroso, inició con grandes voces su invocación.

—¡Sahires de Oriente, llevadme ahora con vosotros! ¡Hombres buenos de los desiertos de Irania, no me abandonéis en este reino de tinieblas!

Basil observó que una nube densa y blancuzca comenzaba a formarse sobre la superficie del espejo. Eduardo, como enloquecido, agitaba los brazos por encima de su cabeza y seguía desgañitándose.

—¡Sahires, ghazis, espíritus piadosos...!

La nube se estremeció. Como impulsada por un fuerte viento, aquella blancura lechosa y atomizada envolvió a Eduardo durante unos instantes.

Los gritos habían cesado.

Cuando advirtieron el pesado silencio del despacho, comprendieron que Eduardo había desaparecido. En el aire se percibía el olor y la tensión que dejan a su paso las tormentas eléctricas.

La vela que Eduardo había encendido al iniciar el ritual estaba apagada.

Pasaron algunos minutos sin que nadie se atreviera a pronunciar palabra.

Fue el inspector el primero en hablar.

—La vez anterior el proceso completo duró cerca de una hora —Funes consultó su reloj—. Eso retrasará la declaración, porque su amigo reaparece completamente agotado. ¿Quieren esperarle?

—Sí —Basil respondió tajante, incluso con apresuramiento.

El policía descolgó el auricular del teléfono. Encargó bebidas y bocadillos para suavizar los rigores de la espera. Pero ni siquiera con aquel refrigerio consiguió que se reanudara la conversación.

35

El plazo de una hora se había cumplido. En las bandejas sólo quedaban migas y servilletas arrugadas, y los envases vacíos de los refrescos agudizaban el aire deprimente que se había apoderado del despacho. Hacía mucho calor en aquel cuarto.

El inspector Funes no disimuló su preocupación al abrir la ventana. Poco después realizó varias llamadas para que los guardias de la comisaría se mantuvieran alerta. Le extrañaba que Eduardo tardase tanto en regresar. Pensó si habrían cometido algún error.

Comprendió que Basil lo estaba observando mientras él se aflojaba el nudo de la corbata.

Giró de nuevo hacia el centro del despacho. Basil continuaba pendiente de sus movimientos. Por fortuna, Samantha se había adormilado sobre el sofá. El sueño haría más breve su espera.

—Inspector —murmuró Basil, echado informalmente en su asiento.

—Diga.

—Ha pasado ya más de una hora, ¿verdad?

—Casi dos horas.

—Estoy muy preocupado. Sin su amigo, el mago, no puedo retener más tiempo a Marty y a sus hombres.

—Eduardo ya ha hecho su demostración como mago de excepcionales dotes —dijo Basil—. ¿Cree que siendo Edu un vanidoso iba a privarse del placer de recordárnoslo a cada minuto? No, él ya habría vuelto. Si no ha regresado es porque algo se lo impide.

A Funes le sorprendió que Basil se hubiera levantado sin hacer ruido.

—¿Tiene una cerilla? —preguntó Basil.

—¿Qué es lo que pretende? —reaccionó, inquieto, Funes—. Usted no fuma.

—No fumo, pero necesito una cerilla. ¿No recuerda que desde que el hombre es hombre ha necesitado el calor del fuego? Me resultaría imposible explicarlo, pero este detalle resulta muy significativo para mí.

El inspector, extrañado, le tendió una caja de fósforos. Basil se aproximó hasta la mesita donde se hallaban el busto y el espejo plateado. Encendió una cerilla y aproximó la llama a la vela que Eduardo había dejado ante el rostro apacible del Buda. Actuó con mucho cuidado, como asomándose a un abismo contenido en la luna del espejo.

Se tambaleó levemente, igual que en el forcejeo contra una ventisca. La secuencia se desarrolló en pocos segundos. Basil se irguió satisfecho, jadeando.

Después retrocedió hasta situarse a la altura del inspector.

—Creo que ahora podemos sentirnos tranquilos.

—¿Qué ha visto en el espejo? —preguntó Funes—. Durante unos segundos he sentido miedo por usted, era como si fuese a caer desmayado.

A Basil le sorprendió la perspicacia del policía.

—Desde que iba al colegio he soñado con un mundo en el que había luz. Al inclinarme hacia la vela he sentido la tentación de contemplar el interior del espejo y pude reconocer el paisaje que siempre creí irreal, producto de mis fantasías. Sí —recapacitó—, era el reflejo preciso y pormenorizado de lo que siempre soñé.

—¿De veras ha visto eso?

—Durante un instante. Pero resultaba muy real —suspiró Basil—. He recordado que no debe sentirse miedo de la imaginación, y menos aún de las propias ilusiones. Ahora noto que me estimula de nuevo, con más fuerza que antes, saber que ese viaje es posible. El espejo me atraía con mucha intensidad, como si me incitara a dejarlo todo y hundirme en el azogue.

Tras un instante de estupor, Funes se encogió de hombros. El era policía. Su deber no le permitía dedicarse a soñar mundos maravillosos.

—No tendremos que esperar mucho tiempo —concluyó Basil.

Con el final de la frase un silbido de tormenta corroboró las intuiciones del joven. Densa, blanca, la nube que había trasladado a Eduardo volvió a dibujarse sobre el espejo. Sus contornos cambiantes, en ebullición, crecieron hasta cubrir con un mosaico de cegadores reflejos la pared próxima a la mesita de cristal.

Cuando la figura de Eduardo se concretó contra la pared, la nube retornó al espejo adquiriendo la consistencia de una columna de mármol. Con la fuerza de una ola gigante, la nube líquida y furibunda se fundió en la plata. La vela volvió a apagarse, barrida por un viento de huracán. El cristal de la mesa baja se agrietó chirriando.

Eduardo parecía incapaz de articular los brazos.

Se sostenía con dificultad sobre una sola pierna y tenía una sonrisa estúpida de embriaguez en la cara.

—¿Lo habéis visto, lo habéis visto? —Eduardo reía, pese a la forzosa inmovilidad—. ¿No os parece increíble?

Aquellas voces de júbilo e histeria despertaron a Samantha, que reprimió un grito al descubrir los difíciles equilibrios del mago. Era como una estatua absurda y, como tal, permanecía inmóvil. Ya repuesta del susto, Samantha procuró disimular la risa que le producía Eduardo en aquella actitud. Pero no lo consiguió.

—Es que estás tan divertido, Edu. No te molestes —se disculpó la joven.

—No os quedéis ahí como pasmarotes —protestó el mago—. Ayudadme, no me puedo mover.

—¿Llamamos a un médico? —propuso el inspector.

—No es necesario —dijo Basil—. Lo llevaremos al sofá.

—Pero aunque esté en el sofá seguirá inmóvil —bromeó Samantha—. Miradlo, tan quieto como si se hubiera dado un baño de almidón.

No fue fácil trasladar el cuerpo de Eduardo, pero finalmente Funes y Basil consiguieron acomodarlo sobre varios cojines, boca arriba.

Basil se había apoyado contra el escritorio del inspector. Distraído, jugueteaba con el pisapapeles de hierro.

Resultaba patético contemplar a Eduardo: gimiendo sobre el sofá, absurdo como una estatua ecuestre a la que hubieran sustraído el caballo.

—He perdido mis poderes —repetía Eduardo, inconsolable—. Sólo recobraré mi condición cuando vuelva como un humilde peregrino. Pero ¿cómo voy a emprender la marcha si no puedo moverme?

—Eso es fácil.

Todos se volvieron hacia Basil, que había proporcionado aquella respuesta en un susurro. Continuaba junto al escritorio del inspector. Tenía el pisapapeles entre las manos.

Cuando comprobó que los demás se fijaban en él actuó con mayor nerviosismo. El hierro resbaló entre sus dedos, deslizándose raudo hasta la superficie de plata.

El impacto del pisapapeles contra el espejo sonó como un disparo.

36

Ninguno de los presentes se atrevió a decir una palabra. El crujido del espejo al romperse introdujo una brisa gélida en el despacho.

Eduardo se frotaba las manos, de nuevo podía moverse a su antojo. Aún no se había dado cuenta de lo ocurrido. Daba saltitos, sacudía los brazos cruzados y rígidos para entrar en calor.

Samantha mantenía las cejas enarcadas sobre los ojos verdes y brillantes; era evidente que sentía un alivio profundo al contemplar la caprichosa fractura sobre la superficie de plata, semejante a un gigantesco cangrejo.

Funes tenía la boca abierta y viraba la cabeza con lentitud hacia Basil y hacia Eduardo, como negándose a dar crédito a lo que acababa de ver.

Basil miraba de reojo a Eduardo, quizá esperando que la tensión se diluyera.

Murmuró:

—Lo siento.

Pero nadie llegó a oírle.

Aquella situación se prolongó durante un minuto muy largo. Fue el policía el primero en abandonar aquella especie de sopor paralizante. Eduardo, ignorante aún del acontecimiento, seguía aplicado en restablecer la movilidad de sus extremidades.

Funes hizo un gesto de complicidad hacia Basil, que tomó de la mano a Samantha. Con la excitación de dos estudiantes que abandonan el aula tan pronto suena el timbre, salieron de la comisaría, risueños y apurados, compitiendo entre bromas por averiguar cuál de ellos alcanzaría antes el convertible.

Caminaron abrazados los últimos metros que les separaban del auto.

—Y ahora, señor —bromeó Samantha al aferrar el volante—. ¿Tiempo de Tierra o Tiempo de Vuelo?

—Tiempo de Vuelo, por descontado. Primero he de devolver algún dinero y un impermeable en el hospital. No me sentiría tranquilo si lo retrasara más tiempo. Después, Samy, puedes y debes llevarme al fin del mundo —respondió Basil. Recordó el título de una de sus novelas predilectas mientras ajustaba el cinturón de seguridad en el puesto del copiloto—. No me conformaré con menos, tal vez allí encontremos la luz.

—El fin del mundo —silbó la muchacha—. Agárrate entonces.

Sin darse cuenta, Basil comenzó a tararear una canción de Robert Plant, *Low Dance*. Sentía un alivio hondo que espantaba el temor al vértigo bajo la influencia de aquel ritmo envolvente.

El despegue fue suave, reparador.

Al asomarse por la ventanilla identificó a Eduardo. No lograba escuchar lo que decía. Resultaba claro que chillaba, entre aspavientos coléricos que divertían a los guardias apostados a la entrada de la comisaría.

Sonriendo, Basil optó por mirar hacia lo alto.

—Por cierto, Basil —dijo Samantha—. Una sola pregunta antes de arrancar en serio. ¿Fue casualidad que el pisapapeles cayese sobre el espejo o lo tenías todo planeado desde que llegamos a la comisaría?

Basil escrutó el rostro de la joven. Disfrutó de la sonrisa pícara de Samantha durante unos segundos.

—¿Tú qué crees? —contestó guiñando un ojo.

Indice

FRANCISCO J. SATUÉ

Nació en Madrid el 11 de septiembre de 1961. Desde los dieciséis años colabora en periódicos, revistas y emisoras de radio. También ha trabajado en el mundo editorial. Ha publicado libros de investigación periodística y las novelas *El círculo infinito, Las sombras rojas, El desierto de los ojos, La pasión de los siniestros* (Premio «Ateneo de Santander»), *Desolación del héroe, Múltiples móviles* y *La carne*. Como se pasa la vida escuchando rock duro, no le ha quedado otra opción que escribir un libro sobre *heavy metal*.
La ciudad de las mil noches es su primera novela juvenil.

CARTA AL AUTOR

Los lectores que deseen ponerse en contacto con el autor para comentar con él cualquier aspecto de este libro, pueden hacerlo escribiendo a la siguiente dirección:

Colección ESPACIO ABIERTO
Grupo Anaya, S. A.
Telémaco, 43. 28027 MADRID